Heinrich von der Haar
RikschaTango

Heinrich von der Haar

Rikscha Tango

Oskars fünfte Dimension

Originalausgabe
Juni 2021

Kulturmaschinen Verlag
Ein Imprint der Kulturmaschinen Verlag UG (haftungsbeschränkt)
20251 Hamburg
www.kulturmaschinen.com

Die Kulturmaschinen Verlag UG (haftungsbeschränkt) gehört
allein dem Kulturmaschinen Autoren-Verlag e. V.
Der Kulturmaschinen Autoren-Verlag e. V. gehört den AutorInnen.
Und dieses Buch gehört der Phantasie, dem Wissen
und der Literatur.

Umschlaggestaltung: Sven j. Olsson
Foto: Andreas Kelbel
Satz: Andrea Deines
Druck: Booksfactory, Polen
Eingestellt bei BoD

978-3-96763-158-6 (kart.)
978-3-96763-159-3 (geb.)
978-3-96763-160-9 (.epub)

Handlung und Personen dieses Romans sind frei erfunden. Ähnlichkeiten und Übereinstimmungen mit lebenden oder verstorbenen Personen sind nicht beabsichtigt, sondern zufällig.

Das Leben will als Rikscha mir erscheinen,
die von Verlangen zu Verlangen trägt.
Ich kenn' dich nicht und wenn ich dich doch begehr',
hat sich die Liebe wohl im Traum geregt.

I

Irgendwo musste der Eingang sein. Oskar hastete über zerbrochene Steinplatten durch einen Hinterhof, an Müll und Bauabfällen vorbei; kein Fenster erleuchtet. Es roch nach Keller und Urin. Trauten sich attraktive Frauen überhaupt hierher? Ein Trippeln näherte sich. Er ging langsamer. Eine jüngere Frau, einen Kopf größer als er. Sie trug einen Stoffbeutel, eindeutig Tanzschuhe.

»Finster hier«, sagte Oskar. »Soll ich Sie begleiten?«

Sie lachte. »Kommen Sie!«

Im dritten Hinterhof schienen aus Fenstern im ersten Stock rote Lichter, als wäre er schillernden Sumpfblüten auf der Spur. Dort musste die Tangofabrik sein, auch wenn sich unten kein Hinweis, kein Plakat, nicht mal ein Schild fand.

Oskar folgte der Frau in den dunklen Flur, weiter hinauf über brüchige, von Kerzen erhellte Stufen. Klangfetzen eines Bandoneons wehten herab.

Den Saaleingang schmückten rote Samtvorhänge; feuchtwarme Luft strömte ihm entgegen. Parfümduft. An der Kasse vor ihm Frauen, ihre Gesichter im diskreten Licht erwartungsvoll. Nackte Schultern versprachen eine verheißungsvolle Nacht: Eine Frau eng im Arm führen, vielleicht sogar verführen, wer weiß.

Sechs Euro Eintritt, das kriegte er hin. In der Garderobe hängte er seine Jacke auf und wechselte die Schuhe. Dann schlängelte er sich durch Reihen jüngerer Männer. Das vielsprachige Stimmengewirr erinnerte ihn an Madrid und Buenos Aires. Nach seiner Scheidung vor zehn Jahren war er viel zum Tanzen verreist gewesen. Die Männer hier waren sorgfältig frisiert, in gebügelten Hemden und Stoffhosen.

Gut, dass er ein frisch gewaschenes Hemd trug, das dunkelrote, gemustert mit kleinen Fahrrädern. Man erkannte sie erst, wenn man ihm nah, ganz nah, kam. Seine verbeulte schwarze Jeans hatte er geglättet und die Tanzschuhe auf Hochglanz gebürstet. Die abgelaufenen Sohlen würden die Frauen im Halbdunkel nicht sehen. Seinen Bauch schon. Nur nicht vergessen, ihn einzuziehen.

Auf der Theke luden Wasserkaraffen und Gläser sowie Gefäße voller Salzstangen ein. Der Barkeeper schaute freundlich. Oskar begnügte sich mit Gratiswasser.

Plüschsofas und Sessel säumten die Tanzfläche. Das kannte er von anderen Locations. Auf kleinen Tischen davor Kerzenleuchter mit Wachsbergen. Die Wände voller Spiegel und Schwarz-Weiß-Fotografien in abgestoßenen Goldrahmen, – die Mischung aus Wohnzimmer und Trödelladen gefiel ihm. Diesen Ort hatte er schon früher testen wollen, aber der Weg war ihm zu weit gewesen. Eine junge Frau, die als Argentinierin vorgestellt wurde, spielte in der Saalmitte unter orientalischen Hängelampen auf einem Klavier und sang. Sehnsuchtsvoll zog sie die Silben lang. Oskar wurde feierlich zumute. Sie endete mit *corazón*.

Auch er suchte etwas fürs Herz, eine Frau, die sich aus Liebe auf ihn einließ, nicht wie die, die er bezahlen musste, um sich ein bisschen Wärme zu gönnen. Er erhob sich, ließ die Reihen umherstehender Männer an der Theke hinter sich, ging zur Fensterseite, im Blick die tanz- und flirtbereiten Schönen. Rotes Licht zeichnete ihre Gesichter, Schultern und Arme weich. Lust, gesehen zu werden, nahm er in ihren Mienen wahr, im Lächeln, im Aufblühen sehr roter Lippen, in Gebärden, im Übereinanderschlagen nackter Beine. Ja, sie wollten umworben werden, und er wusste, was er an seinen Tanzkünsten hatte.

Die Klavierspielerin stimmte den schwungvollen Tango *De mi flor – Von meiner Blume* an. Der Rhythmus mit dem staccatohaften Beat reizte Oskar. Er fand Blickkontakt mit einer Schlanken und zwinkerte; sie lächelte. Das Prickeln in seinem Rücken zog sich über die Schultern in die Arme bis in die Fingerspitzen. Er ging auf sie zu und forderte mit Kopfnicken auf. Ein wortloses Ritual, üblich auf allen Milongas der Welt.

Sie schaute weg.

Mist! Hätte er sie aus größerer Distanz aufgefordert, wäre der Korb nicht so blamabel gewesen. Gäbe es doch Tischtelefone wie im Ballhaus in der Chaussee-straße! Weiter hinten saßen ältere Frauen, geschminkt und in eng anliegenden, kurzen Kleidern. Manche der Älteren tanzten schon seit dem Tangoboom der Achtzigerjahre und waren anspruchsvoll. Wenn man nicht gut genug tanzte, konnte man sich leicht einen

Korb einhandeln, das wusste er und ging an ihnen vorbei. Noch hatten sie ihn nicht tanzen gesehen!

Die Frau, die er über den Hof begleitet hatte, blickte ihn entfernt an. Er nickte ihr zu. Sie beugte sich vor, zupfte an den Schuh-Riemchen. Störte sie sein Alter? Oder seine Größe? Eine Jüngere mit Smaragd-Ohrringen, die er anblinzelte, betrachtete ihn, kramte dann in der Tasche und fischte nach ihrem Taschentuch. Was war los mit den Frauen hier? Er drehte sich auf dem Absatz und ging mit geradem Rücken und erhobenem Kopf zur Theke.

Die Tangofabrik hat Weltruf, hatte er beim Googeln gelesen. *Die größten Stars aus Buenos Aires wirbeln hier über das Parkett.* Beschiss! Es gab attraktivere Lokale. Er musste nicht bleiben. Draußen waren Nacht und Sterne und frische Luft. Auf einem Barhocker neben jüngeren Männern goss er sich Gratiswasser nach und studierte die Drehungen der Tänzerinnen und ihre kurvigen Gestalten.

Immerhin.

2

Eine Frau kam herein, im blauen Kleid mit weißen Punkten, das kastanienbraune Haar zum Zopf geflochten. Katja! Einen halben Kopf kleiner als er und füllig. Ihre Rundungen mochte er – immer noch. Sie hatte ihm gutgetan, aber zu oft von Zusammenziehen gesprochen. Er wollte nicht gleich wieder in einer Ehe festgenagelt werden. Wie sollte er sie begrüßen, wo er ihr doch seit dem letzten Herbst ausgewichen war? Nach der Trennung von ihrem Mann hatte er viel mit ihr getanzt. Und die Nächte danach in ihrer Wohnung, da waren sie übereinander hergefallen.

Er ging ihr entgegen. Sein Blick glitt von ihren roten Schuhen, den Beinen zum Figur betonenden Kleid, zur molligen Taille, den bloßen Armen, ihrer gutmütigen Miene. »Du siehst wieder wunderbar aus!«

»Schön, dich wiederzusehen.« Sie schlang die Arme um ihn und küsste ihn auf den Mund. »Sportlich, dein Hemd!« Ihre Stimme klang wie das Gurren einer Taube.

Sein Rückzieher war wohl vergessen.

Ergänzt durch ein Bandoneon spielte das Klavier den sanft schwingenden Vals *Un placer – Ein Vergnügen*. Oskar fiel in die Umarmung mit Katja, seine Wange fand ihre. Er folgte der Melodie, dem anspruchsvollen, wechselnden Rhythmus und führte sie in überraschende Wendungen.

»Entschuldige!« Katja bemühte sich, seine Impulse auszuführen und glaubte, einen falschen Schritt gemacht zu haben. Sie kicherte. Ihre nackte Schulter, die sich an seine Hemdbrust schmiegte, ihr Busen, weich und weiblich, und der warme Hauch ihrer Lippen an seinem Ohr belebten ihn, je länger sie tanzten, als hätte er neues – mit Champagner versetztes – Blut erhalten.

Das Bandoneon säuselte den süßlich-behäbigen Vals *Bailando me Diste un Beso – Beim Tanzen hast du mich geküsst*. Das Leben hielt doch immer die passende Musik bereit. Oskars Hand glitt von der Taille hinauf zu ihrem Hals und fuhr durch ihr Haar. Er steuerte ein rotes Sofa in einem halbdunklen Winkel an, das gerade frei geworden war. Kurz bevor sie darauf landen konnten, lachte Katja auf und bremste ihn. Sie übernahm die Führung, machte einen gekurvten Rückschritt und ging mit ihm in die Drehung, weg vom Sofa. Sie zuckte mit den Schultern. »Ich muss erst abschalten. In der Kita war wieder viel los.«

Nach weiteren Tanzrunden rann ihm Schweiß über den Rücken. »Lust auf einen Sekt?« Er lotste Katja zur Theke.

Dort stieß er mit ihr an. »Dich im Arm zu haben, ist ein Vergnügen.«

»Das gefällt mir auch.«

Oskar schob ihr das Ende einer Salzstange in den Mund.

Sie lächelte. »Läuft's gut mit der Rikscha?«

»Jetzt im Frühling ist Berlin voller Touristen.«

Sie umgriff einen seiner Oberschenkel. »Du bist gut trainiert.«

Er nickte. Seine Locken fielen ihm vor die Augen. »Die Kutsche ist ganz schön in die Jahre gekommen. Und leider ist der Akku schwach.«

»Wolltest du dir nicht eine neue anschaffen?« Katja schob ihm die Haarsträhnen nach hinten und strubbelte durch seine Mähne. »Schön, deine blonden Locken! Jung siehst du aus.«

Kaum ein 60-jähriger trug solch eine Pracht. Er schaute ihr in die Augen. »Ich habe schon überlegt, wer mir was leiht.«

Katja rieb sich das Ohrläppchen und drehte sich zur Tanzfläche. Sie hatte ihm im letzten Herbst dreihundert Euro geborgt.

»Die dreihundert kriegst du ganz sicher zurück.« Sollte er ihr noch einen Sekt anbieten? Nein, in einen zweiten wollte er nicht investieren. Er zückte sein Portemonnaie, kramte darin.

»Lass mal!« Katja streckte dem Barkeeper einen Zehner hin.

Oskar gab ihr einen Kuss auf die Wange. »Ich kann jeden Cent gebrauchen. Ein Wunder müsste geschehen.«

Ein schlanker Mann stolzierte mit großen Schritten auf Katja zu, in schwarz-weißen Schuhen und im dunkelgrauen Anzug mit Weste. Trug hier kein Mensch – viel zu warm beim Tanzen. Der Mann verneigte sich steif vor ihr und hielt ihr die Hand hin.

Zu feierlich. Katja ergriff sie und schloss schon beim ersten Tanzschritt die Augen.

So ein steifer Anzugkerl passte gar nicht zu ihr.

3

Nur die dunkelroten Strahler und Kerzen leuchteten. Der melodische und ruhig dahinfließende Tango *Flores negras – Schwarze Blumen* verlangsamte die Bewegung der Paare. Oskar beobachtete das sanfte Wiegen und das gemessene Schreiten, die Frauen meist mit geschlossenen Augen, die Männer konzentriert. Seine Chance kam noch. Je länger er zuschaute, umso deutlicher spürte er eine Enge und einen leichten Schmerz in seiner Brust, ein Ziehen, das er nicht lokalisieren konnte. Hoffentlich spielte sein Herz nicht verrückt. Er sollte auf sich aufpassen und Alkohol meiden. Sonst drohe ein Schlaganfall, hatte sein Kardiologe gesagt, er sei nicht mehr zwanzig.

Nach Mitternacht tauchten andere Frauen auf, als wechsle die Schicht. Eine Schwarzhaarige, begleitet von einem Endvierziger im T-Shirt, ging mit entrücktem Blick auf glitzernden High Heels vorbei, anmutig, in kleinen, sicheren Schritten. Mit dem Duft nach frischen Rosen. Ihr Rock hoch geschlitzt, ein Strumpfband blitzte hervor. Die glänzenden Haare fielen ihr locker auf die Schultern. Er hatte sie schon mal gesehen, aber nie mit ihr getanzt. Eine unglaubliche Schönheit, unerreichbar für ihn.

Ihr Begleiter schob sie vor sich her, in einer schrägen Haltung, als wäre er an einem Nagel aufgehängt. Sein Kopf klemmte zwischen den Schultern auf dem gekrümmten Rücken. Die erhobenen Ellbogen erinnerten an Krebsbeine. Der Endvierziger hielt sie im Klammergriff und schüttelte sie nur nach dem simplen Grundtakt wie im Schraubstock hin und her. Sie rempelten ein Paar an.

Die Schwarzhaarige löste sich und rückte von ihm ab. Er griff nach ihrer Hand. Sie sagte etwas, was Oskar nicht verstand, und blickte hilfesuchend zu den seitlich stehenden Männern. Niemand rührte sich, um sie zu befreien. Sie inmitten eines Musikstückes aufzufordern, konnte provozieren. Ein flehender Blick traf Oskar.

Er straffte sich. Sie wollte erlöst werden und sicher konnte sie gut tanzen, wenn einer wie er sie führte. Zeit, das Weltgeschehen in die richtige Bahn zu lenken. Mit vorgewölbter Brust ging er auf die Schwarzhaarige zu und bot ihr seine linke Hand.

»Eh!«, knurrte der Schraubstock, kam aber nicht näher.

Einen Streit fürchtete Oskar nicht – die Schwarzhaarige lächelte ihm zu. Er nahm ihre Rechte und zog sie zu sich. Auch wenn die Umstehenden das als verwegen oder gar ungehörig ansehen könnten. Sie richtete sich auf, und sie neigten sich gleich einem Spitzdach gegeneinander. Oskar legte den Arm um ihren Rücken, die Hand auf ihr schmales Schulterblatt, und schritt los. Eine starke Bewegung stieg von den Fersen zum Kreuz hinauf. Über den Nacken hoch zum Scheitel – wie aus einem Guss. Himmel, diese Frau konnte gehen! In seinen Armen wurde sie locker, nicht kraftlos. Sie agierte sicher und elastisch mit geschlossenen Augen. Im Rosenduft schwebte er wie auf Wolken. So war die Welt besser. In den Augenwinkeln registrierte er bewundernde Blicke der Männer am Rand und dass Katja, wieder an der Bar, an ihrem Zopf drehte und zu ihm herüber starrte.

Aus dem Bandoneon floss *Quejas Del Bandoneón – Beschwerden des Bandoneons* wie süßer Likör. Oskar führte die Schwarzhaarige seitwärts und drängte ihren Beinen eine Kreisbewegung auf, vor- und rückwärts. In inniger Verbindung folgte sie ihm wie im Traum, nahm sich aber Raum und strich mit den Füßen über den Boden, wie um ihn zu erforschen. Das beflügelte Oskar. Er begann neu, deutete einen Schritt an, machte einen anderen. Das legte ihm dieser Tango mit seinen zerstrittenen Rhythmen nahe. Sie änderten sich, waren widersprüchlich und brachen ab, wenn es am wenigsten zu erwarten war. Das mochte er.

Oskar schritt vor, zurück, seitwärts und kreuzte die Schritte. Er wollte wissen, wie weit sie sich auf ihn einließ. Er liebte schon jetzt alles an ihr: seidiges Haar, volle Lippen, zierliche Figur. Ein Traumweib – Oskar mochte das Wort nicht, aber hier passte es. Er drückte sie an sich, nicht zu stark. Frauen wollten umworben werden. Die Schwarzhaarige reagierte sensibel, schlug Haken, fließend leicht und frei, keine Schwere in den Drehungen. Jede ihrer Bewegungen drückte Sinnlichkeit aus.

Noch nie war eine Frau so sehr auf seine Wünsche eingegangen, hatte wortlos auf seinen Körper gehört. Kein Klammern und bloßes Folgen wie bei Katja.

Seine Hand an ihrem Rücken fühlte, wie sie nachgab, im Strom melodischer Geigenklänge, die ihn weitertrugen, ihnen beiden Bewegungen eingaben, sich gehen zu lassen. Wie aus der Tiefe eines Vulkans stieg ihm ein Glücksgefühl von den Füßen, die Beine, Hüfte und Taille hoch, als hätte er schon ewig mit ihr getanzt.

In der Tanzpause war der Schraubstock nicht zu sehen, aber der Anzug stand am Tresen und schaute herüber. Die Schwarzhaarige nickte ihm zu.

»Du kennst den?«, fragte Oskar.

»Mit Ralf kann ich mich gut unterhalten – und tanzen.«

Schnell lud Oskar sie zum nächsten Tango ein, ehe es der Anzug tat. Kummervoll schluchzte das Bandoneon, dazu die Sängerin eindringlich mit dunkler Stimme:

Vuelvo al sur…

Der DJ hatte genau die richtige Musik aufgelegt. Der Text gefiel Oskar. Er flüsterte ihr die Übersetzung ins Ohr:

Zurück nach Süden / holt uns doch immer die Liebe ein … den Süden spür’ ich / wie deinen Körper ganz nah.

»Du verstehst Spanisch?«

»Mein Lieblingsfach bis zum Abi. Später war ich einige Monate in Buenos Aires. Da habe ich in Spanisch geträumt.«

Behutsam führte er sie in Drehungen. Bei den Ochos pulsierte ihr Herz an seiner Brust. Er bemühte sich, das Pochen zu begleiten, anzustacheln und wieder zu beruhigen. Ineinander verschmolzen bewegten sie sich auf vier Beinen – mal schmachtend, mal gebieterisch, mal lockend, mal fordernd – ein Vierfüßler, ein Fabeltier mit zwei Köpfen. Runde um Runde schwamm es schwerelos inmitten der Paare durch den Saal.

Das Bandoneon klang aus. Im Schlussakkord ging das Fabeltier in die Knie, erstarrte, verdrehte sich leicht gebeugt ineinander, Arme und Beine verschränkt, als wollte es sich gegen das Ende stemmen. Doch der steigende Gesprächslärm umstehender Paare trennte die zwei Köpfe, spaltete den gemeinsamen Körper, zerteilte das Tangotier, es erstarb.

Oskar musste seine Tanzpartnerin loslassen. Er stand wieder auf eigenen Füßen und wankte, als könne er nie mehr alleinstehen. Trotz der Pause wollte er nicht mit ihr die Tanzfläche verlassen. Er neigte sich ihr zu, strich über ihre schmalen Schulterblätter; seine Lippen streiften über ihre Wange, ein warmer Hauch, als fürchtete er, sie zu zerbrechen. »Das war fabelhaft!«, flüsterte er und schaute in ihre dunkelgrünen Augen.

»Tanzen mit dir ist ein schönes Spiel!« Sie ging einen Schritt zurück, lächelte. Das Lächeln einer Sphinx.

»Wir könnten uns öfter hier treffen.«

»Ich tanze lieber im Tangobergwerk, samstagnachmittags«, sagte sie sanft, als wollte sie ihn einladen, und strich ihm über den Arm. Der Schraubstock näherte sich.

»Ich muss mal frische Luft schnappen.« Plötzlich klang ihre Stimme piepsig.

»Soll ich mitkommen?«

Ohne zu antworten, entfernte sie sich rasch.

Oskar bekam kaum Luft, so aufgeregt war er.

Der Mann folgte ihr mit schnellen Schritten.

Oskar sah den beiden nach, unfähig zu reagieren. Seine Schläfen pochten. An der Bar trank er ein Glas Wasser auf einen Zug. Sicher käme sie gleich wieder. So wie sie mit ihm tanzte, musste sie etwas für ihn empfinden. Wie eine Außerirdische kam sie ihm vor, die fünfte Dimension.

Katja setzte sich neben ihn und beugte sich vor. Er durfte in ihren V-Ausschnitt blicken. »Toll hast du getanzt. Trinken wir noch einen Sekt?«

Oskar ließ sich einladen, aber sein Blick schweifte wieder zur Tür.

Katja trank aus. »Tanzen wir?«

»Einen Moment noch!«

Sie zog die Stirn kraus. Oskar gab nach.

Er führte sie sanft und ließ sich vom Rhythmus treiben. Sie verzierte seine Schritte und verfehlte trotzdem nie den Takt. Ein harmonischer Tanz. Bei dem zärtlich schmelzenden *Vendrás alguna vez – Wirst du jemals kommen* – fröhlich und verspielt – dachte er an die Schwarzhaarige.

Katja stoppte, räusperte sich. »Du bringst mich aus der Balance.«

»Entschuldige, ich war abgelenkt.«

»Ja, das merke ich, mein Lieber.«

Paare stauten sich hinter ihnen. Der steife Anzug schob, Kopf erhoben, eine Tanzpartnerin vorbei.

Katja strahlte ihn an. »Hallo Ralf!«

»Naaa, seid ihr schon am Ende?«, fragte Ralf.

»Wir arbeiten an hoch komplexen Schritten.« Oskar führte Katja in einen raffinierten Dreh, cool und unkonventionell. Er tanzte mit ihr die Tanda zu Ende und brachte sie zurück an die Bar.

Kaum saß Katja, forderte der Anzug sie auf. Sie küsste Ralf auf die Wangen, nicht nur kurz – wie üblich – und umschlang ihn, als hätte sie ihn vermisst. Er führte sie mit steifem Rückgrat in einfache Wiegeschritte. Was für ein langweiliger Tänzer!

Lächelnd rückte sie ihm nach einigen Takten näher, legte den Arm um seinen Hals, schloss die Augen und schmiegte sich an ihn. Er beugte sich vor. Versuchte er so, ihr näher zu kommen? Würde er doch stolpern! Oskar konnte nicht länger hinsehen und suchte die Schwarzhaarige. Vielleicht war sie im Garderobenraum. Er riskierte sogar einen Blick in die Frauentoilette und eilte zum Ausgang, fand weder sie noch ihren Begleiter.

4

Wieder im Saal – auf einem Barhocker – schenkte er sich Gratiswasser nach.

Katja stand hinter ihm und umarmte ihn. »Ich möchte jetzt nach Hause, muss mit dem Nachtbus«, sagte sie in einem Ton, als sei ihr das nicht zumutbar, und blinzelte ihn an.

Früher hatte er sie manchmal mit dem Taxi heimbegleitet und eine schöne Nacht mit ihr gehabt. Jetzt konnte er sich keines leisten. »Hätte ich doch meine Rikscha hier – eine Fahrt im Mondschein wäre romantisch!«

»Schade! Dann ein andermal.« Sie ging zu Ralf, küsste ihn und verschwand.

Der Anzug trat an den Tresen, bestellte Weißwein und Selters und gab Oskar einen Klaps auf den Rücken. »Wo ist denn die Sophie?«

»Wer?«

»Na, die Schwarzhaarige, mit der du vorhin so toll getanzt hast?«

»Sophie? – Keine Ahnung.« Oskar bemühte sich, desinteressiert zu klingen.

»Die ist cool, nicht? Aber schöne Frauen hast du nie allein.« Ralf strich ihm tröstend über die Schulter, nahm seine Getränke und setzte sich zu zwei anderen Frauen.

Oskar lief die Treppe hinunter, in den dunklen Hof. Der Wind streifte seine verschwitzte Haut. Ihn schauderte. Keine fünfte Dimension. Nirgendwo. Sophie war weg, definitiv! Nicht mal verabschiedet hatte sie sich. Sie hatte doch vom Tanzen als schönem Spiel gesprochen! Er durfte sich nicht aufregen, sonst raste wieder sein Herz. Samstagnachmittags im Tangobergwerk. Immerhin ein Wink. Sollte er sie dort suchen gehen? Fand sie das reizvoll? Er müsste auf seine lukrativsten Rikschastunden verzichten.

Oskar tauchte wieder in die Menge im feuchtwarmen Tanzsaal ein. Die älteren Tänzerinnen fänden ihn jetzt attraktiv, hoffte er. Sein Schweben mit Sophie konnte ihnen nicht entgangen sein. Eine Frau, Mitte sechzig, im hellroten Kleid und mit silbernen Schuhen, blickte in die Runde. Sympathisch! Er nickte ihr zu. Ihr Gesicht verzog sich zu einem Lächeln. Sie erhob sich, kam ihm entgegen, ihre Schritte dynamisch. Ihre Linke glitt über seinen Rücken, ihr Unterarm legte sich weich um seinen Nacken und ihr Körper schmiegte sich an ihn. Sie folgte ihm sicher und ruhig. Das ausdrucksvolle *Toda mi vida – Mein ganzes Leben lang* erklang. Ihm schoss die Außerirdische in den Kopf, als hätte er einen Stromstoß erhalten, und er bekam Lust, schnelle, gekurvte Schritte zu führen. Er wechselte schwungvoll die Richtung und – stieß mit einem anderen Paar zusammen.

»Entschuldigung!« Er blieb besser auf der Stelle und verdoppelte zur spannungsvollen Musik den Takt. Er war fit und kein Langweiler wie der steife Ralf. Doch die Partnerin schwankte, verschleppte den Rhythmus, bewegte sich schleichend. Schritt er energisch vorwärts, bremste sie ihn, und er verlor die Lust an ihr. Mit der Schwarzhaarigen hätte er dynamisch tanzen können, geerdet und zugleich schwebend. Am Ende dankte seine Partnerin »für den sportlichen Tanz« in einem Ton, als wäre es für immer der letzte mit ihr.

Ein letzter Blick über die Tanzfläche, als wollte er etwas von den Bewegungen mit nach Hause nehmen, dann trottete er hinaus. Der Rücken schmerzte, die Füße brannten, der Schädel pochte. Die Beine gehorchten kaum. Er war zu alt, um durchzumachen. Allein musste er in die Nacht. Selbst Katja war ihm entgangen. Er schleppte sich zu seinem Fahrrad, das er an das Brückengitter der Panke gekettet hatte. Eine einzelne Laterne flackerte trübe. Der Halbmond spiegelte sich in dem dunklen Fluss, die Ufer eingemauert, ringsum alte Häuser. Ächzend stieg er auf und trat in die Pedale.

Verflucht – sein Alter, seine kleine, dunkle Wohnung, sein leeres Portemonnaie; verflucht – dieser Ralf und alle Anzugtypen.

5

Oskar erwachte erst am Mittag. Die besten Rikscha-Stunden hatte er verschlafen. Im Spiegel zeigten sich dunkle Ringe rund um seine Augen und geschwollene Tränensäcke, als hätte er die ganze Nacht durchgemacht und sich nicht schon um Mitternacht davongeschlichen. Er schloss die Augen, rieb sie und schlug sie wieder auf. Ihm leuchtete das klare Blau seiner Iris entgegen, das wunderschönste Himmelblau, mit geheimnisvollen Ringen, und drumherum blonde Locken.

Er summte *Vuelvo al sur…*

Irgendwie würde schon alles gutwerden, und die Schwarzhaarige würde er bezaubern. Laut sang er: *Zurück nach Süden / holt uns doch immer die Liebe ein…*

Bevor er die Rikscha aus dem Schuppen unter den Bahnbögen zog, montierte er zwei mitgebrachte Lautsprecher und pumpte die Räder auf. Eine Ventilkappe fiel herunter, schwer auffindbar im fensterlosen Raum ohne elektrisches Licht. Wie oft hatte er schon hier im Dunkeln im Sand nach verlorenen Schrauben gesucht. Je länger er wühlte, desto hoffnungsloser. Und er sollte die Wände nicht berühren, um sich sein Jackett nicht zu ruinieren. Spinnweben überzogen das unverputzte Mauerwerk. Über dem gemauerten Viadukt rauschte die S-Bahn. Die Zeit war hier stehen geblieben. Immerhin hatte er diesen billigen und abschließbaren Stellplatz ergattert. Oskar suchte nicht länger nach der Ventilkappe, sondern zog die Rikscha ans Tageslicht.

Er richtete sich auf, sah in die sonnendurchfluteten Birkenkronen und einem weißen Schmetterling hinterher, der um die schwarz-borkigen weißen Baumstämme herumflatterte. Die schaukelnden Blütenkätzchen dufteten nach Balsam. Tief sog er den Geruch ein. Die fünfte Dimension würde er für sich gewinnen! Wärme durchfloss ihn. Sein Gesicht wendete er zum Wind und hörte ihn singen, eine ferne Musik. Eine unbestimmte Sehnsucht überfiel ihn. Sein Vater hatte auch Birken geliebt. Beim Gedanken an sein Ende stoppte er die Erinnerung und trat in die Pedale auf dem Weg durch den Tiergarten zum Brandenburger Tor.

Oskar brauchte nicht lange zu warten. Ein junges Liebespaar, sie im kurzen, ärmellosen, grünen Kleid, er in Jeans und Sportjacke, wünschte eine Stadtrundfahrt. Von der Sprache her stammten sie aus der niedersächsischen Provinz. Oskar entschied sich für die schönste Route, an der Spree entlang, nicht die schnellste.

Für die beiden hinter ihm auf der Rückbank fuhr er einfühlsam und voller Hingabe. Ein Künstler! Trotz eines Bauchansatzes war er sportlich, ein junggebliebener Sechziger. Er lenkte die Rikscha von den Heckmannhöfen sanft um die Kurve in die Oranienburger Straße – gleichmäßig, ohne Rucken, behutsam wie beim Tanz mit einer Partnerin im Arm – sah das Rotwerden der Ampel voraus und bremste sacht, hoffend, dass die Gäste ein schwebendes Gefühl wie in einer Sänfte bekamen. Die Achse knirschte. Das war nicht schlimm; die beiden störten sich offenbar nicht daran. Die Steigung auf der Monbijoubrücke über der Spree und den Kupfergraben nahm er, als entführte er sie auf einem fliegenden Teppich.

Um das Paar zu begeistern, hielt er beim Neuen Museum, zog einen Prospekt aus der Ablage, zeigte ihnen ein Bild und flüsterte mit geheimnisvoller Stimme: »Der Berliner Goldhut da drinnen ist dreitausend Jahre alt. Man brauchte ihn, um den Sonnengott anzubeten. Vielleicht ein Zauberhut, um die Liebe für immer zu erhalten. Wäre das nicht etwas für Sie?«

Sie lachten kurz auf und schmusten wieder. Seine Geschichten waren im Moment nicht gefragt. An der Staatsoper Unter den Linden nannte er nur noch den Ort. Keine Reaktion. Sie küssten sich weiter.

Oskar gönnte ihnen ihr Vorspiel und dachte an die Schwarzhaarige. Er trat in die Pedale und ließ aus seinen Lautsprechern das melancholische *La Ultima* ertönen. Das Liebeslied würden sie mögen. Oskar sang mit, obwohl es ihn wehmütig machte:

Sos la última y espero …
Du bist die Letzte und du bringst mir vielleicht die Zärtlichkeit / die ich bei so vielen suchte und bis heute niemals fand …

Schlaglöchern wich er geschmeidig aus, damit die Rikscha angenehm schunkelte. Auf dem Pariser Platz musste er sein Gefährt zwischen eng stehenden Pollern hindurch lenken. »Keine Angst! Ich hatte ewig keinen Lackschaden mehr.«

Die junge Frau kicherte. Oskar drehte sich um und zwinkerte ihr zu.

»Schön – alles gut!«, rief sie.

Gemächlich bremste er vor dem Brandenburger Tor; auf den Stopp reagierte das Paar nicht.

»Bleiben Sie gern für ein Schäferstündchen sitzen!« Einladend öffnete er seine Arme.

Sie lösten sich voneinander und stiegen aus. War er zu weit gegangen und versaute das ihm das Trinkgeld?

Die junge Frau kam auf Oskar zu, schüttelte ihm die Hand und gab ihm einen Zehner zusätzlich. »Ganz schön fit!«

»Na klar! Vor ein paar Jahren bin ich noch mit dem Rad die Route 66 gefahren.«

»In den Staaten? Die ganze?«

Oskar nickte. »Was Halbes ist nichts für mich!«
Er sonnte sich in ihrem Blick.

Mit Glück fuhr er einen Hunderter die Woche mit der alten Kiste ein. Sie musste nur durchhalten. Bei dem guten Wetter gelang ihm sicher noch eine Tour. Er zog seine hüfthohen Schautafeln unter dem Sitz hervor und baute sie neben der Rikscha auf. Die selbst gezeichneten Fahrtrouten und Fotos touristischer Highlights lockten oft Kunden herbei.

Er lehnte sich an sein Vehikel und wartete. Eine Böe blies ihm seine Locken vor das Gesicht. Er drehte es gegen den Wind, schloss die Augen und lächelte. Oskar schnupperte und sog den Frühlingsduft ein. Er öffnete die Augen, blickte auf die Baumkronen und sah darunter das junge Liebespaar umschlungen durchs Brandenburger Tor bummeln. Der Saum ihres kurzen Kleids schwang um ihre Schenkel. Er sollte öfter tanzen gehen.

Oskar sah den Leuten entgegen, lächelte, zeigte einladend auf seine Rikscha. Grußlos gingen sie vorüber. Touristen liefen umher und fotografierten; niemand stieg ein. Auf die nächsten Passanten ging er ein paar Schritte zu, sprach sie an. »Günstige Rikschatour durch Berlin-Mitte!« »Supergünstig!« Nichts.

Der Asphalt flimmerte. Er wollte nicht länger in der Sonne stehen und setzte sich in sein Gefährt. Eine asiatische Familie schaute sich die Rikschas an. Das Mädchen zeigte auf seine und versuchte, die Eltern herzuziehen. Aber die wandten sich einem knallroten Gefährt zu. Der orientalisch aussehende Fahrer mit einem Turban auf dem Kopf lud sie gleich ein und schnappte sie ihm weg.

Ein Flaschensammler schlurfte vorbei. Vermutlich machte selbst der ein besseres Geschäft.

Eine Frau im Dirndl blieb stehen und glotzte.

»Gnädige Frau, wohin möchten Sie?« Oskar bemühte sich, höflich zu klingen.

Sie schüttelte den Kopf. »Wir sind doch nicht in Asien.«

»Suchen Sie den Kostümverleih?«, fragte er, und sie zog ab.

Sollte er es nicht für heute aufgeben und zu Hause ein Bier trinken? Nein, ich mache bestimmt noch ein oder zwei Touren, immerhin ist Frühling, sagte er sich. Ich werde Sophie auf Augenhöhe begegnen. Es gibt niemanden, der sie so beglücken kann wie ich. Und wie sie geduftet hatte. Rosen. Rosen? Er drehte sich zur anderen Seite, zu einem neuen Bürogebäude in eleganten Grautönen. Eine Wasserfontäne stieg vielfarbig funkelnd empor, inmitten eines Beetes blühender Rosen. Je länger er seine Augen darauf richtete, umso intensiver nahm er ihren Geruch wahr. Die umherschwebenden feinen Wassertropfen schmeckte er kühlend auf seinen Lippen.

Die Welt war schön.

6

Keine viertel Stunde später näherte sich ein Paar, er im Anzug, sie im hellen Mantel, beide offenbar gut situiert. Mit Blick auf die Infotafel fragten sie nach einer Tour zum Olympiastadion. Ein guter Fang.

Während sie noch zögerten, kam von der anderen Seite eine junge Frau heran, mit feuriger Mähne und einem Strahlen, als bräche die Sonne durch die Wolken. »Bitte über den Alex zum Dom.«

»Entschuldigung!«, sagte er zu dem Paar und bat die Rothaarige einzusteigen. »Darf es auch eine schöne Stadtrundfahrt sein?«

»Nur eine Taxifahrt. Am Dom treffe ich meine Freundin. Was kostet es?«

»Ich freue mich, dass ich Sie kutschieren darf. Sie geben mir am Ende, was Sie möchten.« Kaum dass sie saß, fuhr er los.

Am Fuß des Fernsehturms bremste er, zeigte auf das Restaurant hoch oben. »Das dreht sich jede Stunde um die eigene Achse. Der Turm ist der höchste Blitzableiter Berlins.« Er betonte jede Silbe, als wäre es sein Fernsehturm.

Sie ließ ihren Blick an ihm entlanggleiten und schaute ihm in die Augen. »Der höchste?«

Oskar streifte mit der Hand durch seine Locken. »368 m! Sie möchten näher heran? Kein Problem.« Oskar hielt seitlich vor der Karte mit den Eintrittspreisen. »Sie können sie im Sitzen studieren!« Dann umkreiste er den Fuß des Turms und wippte mit seinen Hüften; die gut gefederte Rikscha schwang sanft hin und her. Aus den Lautsprechern erklang das beflügelnde *Dance Me to the End of Love*. Leonard Cohens tiefe, raue Stimme zu seufzenden Geigenklängen.

»Stell es bitte lauter!«

Oh, sie duzte ihn schon. Oskar summte mit und fuhr in beschwingtem Rhythmus Schlangenlinien. Lächelnd klatschte die Rothaarige Beifall.

Dance me to your beauty with a burning violin.
Dance me very tenderly and dance me very long.

Der Straßenbahn wich Oskar im letzten Moment aus; seine Mitfahrerin juchzte auf.

Dance me to the end of love.

Er kurvte weiter über den Alexanderplatz, in einem großen Bogen. »Und hier ist das Einkaufsparadies, Galeria, Primark, Saturn und da«, er raste auf das Schaufenster eines Schmuckgeschäfts zu, »gibt's die schönsten Goldklunker«, und drehte im letzten Augenblick vor dem Fenster ab. »Die haben Sie aber nicht nötig.«

Die Rothaarige kicherte.

»Und dort die berühmte Weltzeituhr. Da treffen sich die Verliebten.« Er verlangsamte die Fahrt und umkurvte eine Gruppe junger, attraktiver Typen so eng, dass die Mitfahrerin sie hätte berühren können. »Sie dürfen staunen«, rief er den Männern zu. »Hier führe ich die schöne Königstochter herum – Rapunzel mit dem langen Rotgoldhaar auf dem höchsten Turm des Landes.«

»Du bist der lustigste Stadtführer, den ich je erlebt habe.« Die Rothaarige lachte und konnte nicht damit aufhören, bis er den Alexanderplatz verließ. »So könnte die Fahrt ewig dauern.«

Er fuhr mit Schwung die Steigung der Spreebrücke hoch. Die Achse ächzte.

»Aber strengt das auf die Dauer nicht an?«

»Du meinst, in dem Alter?« Er klopfte auf den Lenker, als hätte sie die Rikscha gemeint.

»Wenn du es sagst?«

»Ich habe einen Akku!«

Sie kicherte.

»Ermüdet er nie?«

Oskar wackelte mit den Hüften. »Vier Herzkammern! Er hält mich fit.«

Am Dom stieg die Rothaarige nicht aus. »Gemütlich, deine Rikscha! Eine schöne Tour.« Mit betörend gewölbten Lippen lehnte sie sich in der Nachmittagssonne zurück und blinzelte. »Meine Freundin ist noch nicht da.«

»Dann kann ich dich zu einem Kaffee einladen. Hinter dem Dom ist ein schönes Plätzchen. Da gibt es Coffee to go.«

Sie lächelte.

Er hielt Am Lustgarten unter einer Platane. Bis zum Kiosk waren es keine hundert Meter. »Bleib sitzen, ich hole den Kaffee!«

Den Euro musste er einfach investieren. Solch eine Süße konnte er sich nicht entgehen lassen, auch wenn sie mit seiner fünften Dimension nicht vergleichbar war. Mit zwei Bechern setzte er sich in die Rikscha neben die Rothaarige und sog ihren exotischen Duft ein. »Jasmin? In der indischen Mythologie schießt Kamadeva, der Gott der Liebe, mit Pfeilen aus Jasminblüten.«

»Schön!«

»Noch schöner, dass du mir Gesellschaft leistest.«

Sie nahm ihm einen Becher ab. »Au, der ist heiß.«

»Und wie. Soll ich pusten?« Er näherte sich ihr mit gespitzten Lippen.

Sie lachte. »Ist das deine Rikscha?«

Oskar richtete sich auf und gab der Stimme einen sicheren, gehobenen Ton. »Ich bin selbstständig. Alles andere ist langweilig.«

»Ist das nicht gewagt?«

»Meine Freiheit! Ich muss keinem Boss gehorchen.«

Sie zwinkerte ihm zu. »Du bist deines Glückes Schmied.«

»Wenn das Glück mich beschenkt – mit einer Schönheit wie dir …«

Sie roch am Kaffee, nippte und verzog das Gesicht.

»Leider gab es keinen Latte macchiato. Ich hätte dir gern einen mitgebracht, mit einem Herzchen aus Schaum obendrauf«, sagte er sanft und legte seine Hand auf ihren Arm.

Sie kniff die Augen zusammen, schob sie weg, bezahlte die Rikschatour mit einem Fünfeuroschein

und stieg aus. »Ich schaue mir das alte Gemäuer an.«
Den halb vollen Becher ließ sie auf der Bank stehen.

Oskar unterdrückte den Wunsch, ihn ihr hinterherzuwerfen. Er goss ihn aus und knüllte ihn zusammen. Die Fahrt zum Olympiastadion hätte mehr eingebracht. Und Trinkgeld dazu. Oskars Herz raste plötzlich. Benommen blieb er sitzen. Er war selber schuld, hatte sie zu billig angemacht. Vor zehn Jahren konnte er Frauen leicht abschleppen. Manche Schöne hatte er mit nach Hause in die Fünf-Zimmer-Wohnung genommen, die ihm nach dem Auszug der Ex-Frau und Tochter geblieben war. Und jetzt? An seine dunkle, kleine Mansarde mochte er nicht denken. Gut, dass die Rothaarige weg war; er hätte sich nur geniert.

7

Nach einer Weile beruhigte sich sein Herz. Er stieg auf und radelte zum Brandenburger Tor. Die Achse knirschte lauter als zuvor. Erst im letzten Sommer war sie eingebaut worden, eine Gebrauchte. Dafür hatte er lange fahren müssen, um sie den Herbst über abzuzahlen. Altes Material ermüdete eben.

Er postierte sich Unter den Linden. Von Norden zogen Wolken auf. Er spürte Windstöße, es roch nach Regen. Eine Familie in Wanderschuhen kam vorbei, bepackt mit Rucksäcken.

Oskar sprach den Jungen an. »Hast du Lust auf Rikscha fahren?«

»Jaaa!«

Die korpulenten Eltern drehten sich um. »Wir sind auf dem Wanderweg zur Spandauer Murellenschlucht.«

»Wie wäre es mit einer Tour entlang der Spree, den Berliner Mauerweg zum Monbijoupark und zum Schloss Bellevue? Dann sind Sie schon halb in Spandau.«

Sie stiegen ein. Während der Fahrt musste Oskar sie nicht unterhalten. Der Junge quatschte in einem fort und zappelte hin und her. Beim Anstieg zur Monbijoubrücke bemerkte Oskar, dass der Anzeiger des Akkustands auf null fiel. Kein Wunder bei dem Übergewicht. Gab die Batterie den Geist auf? Oskar brauchte eine neue, die länger hielt, aber wer lieh ihm sechshundert Euro?

Es half nichts. Er musste kräftig treten. Und das bei dem Gegenwind. Heftig hackte er in die Pedale, seine Knie zitterten. Die Achslager rumorten. Aus dem Knirschen wurde ein Knacken. Noch mussten sie halten.

Am Spreeufer entlang ging es nach der Moltkebrücke bergab. Oskar verschnaufte und glitt mit der Rikscha den Radweg dahin. Es wird schon alles gutwerden, sagte er sich und schaute in den Himmel. Die Wolken hatten sich verzogen. Er liebte Tage mit guter Fernsicht. Seinen Rücken ließ er von der Sonne trocknen. Kastanienknospen trieben hellgrün. Die Spree floss ruhig. Das Wasser glitzerte; funkelnd spiegelte sich das Haus der Kulturen der Welt. Leute sonnten sich in den Liegestühlen. Auf dem Gras davor lag umschlungen ein Pärchen. Ein leichter Wind trug ihm Salsaklänge zu. Zwei tanzten barfuß. Oskar sah ihnen zu. Könnte er doch so mit Sophie…!

Es krachte. Die Rikscha wurde erschüttert, sie taumelte. Oskar bremste, so scharf er konnte. Die Fahrgäste schrien auf, wurden durchgeschüttelt. Das Gefährt kippte nach rechts, schlug um, auf die Seite. Dann Stille.

Oskar sprang ab, reichte der Mutter die Hand, half ihr hochzukommen, dem Vater auch.

Der Junge kletterte als Letzter heraus. »Müssen wir jetzt laufen?«

»O Gott!«, rief die Mutter. »Haben Sie geträumt?« Wenigstens war niemand verletzt. »Tut mir leid, aber

Sie sehen doch das Schlagloch.« Das rechte Hinterrad stand schräg neben der Rikscha; die Achse war gebrochen.

»Wo hatten Sie denn Ihre Augen?« Der Vater griff die Rucksäcke. »Kommt!« Sie gingen in Richtung Schloss Bellevue.

»Und was ist mit Bezahlen?«

Der Mann drehte sich um und winkte ab. »Seien Sie froh, dass wir mit heiler Haut davongekommen sind.«

Oskar musste die Schrottkiste entlang der Bachstraße zu seinem S-Bahn-Schuppen ziehen. »Verflucht!« Sein Herz raste wieder. Fünfhundert Euro für eine Reparatur. Sechshundert für den Akku. Dann schleppte er sich den Weg nach Hause in die Klopstockstraße. Es dunkelte schon. Laternen flackerten trübe auf.

Zu Hause schaute Oskar in den Kühlschrank. Eine alte Tiefkühlpizza, die Pappe wellte sich. Lange hatte er nicht mehr eingekauft. Alkoholfreies Dortmunder Kronen fiel ihm ins Auge. Das fruchtige Bier mochte er schon in Münster gern. Er öffnete eins und trank.

So würde er Sophie nie ebenbürtig sein können. Ein jämmerlicher Geschäftsmann!

Er brauchte eine neue Rikscha. Er wüsste schon eine. Die Royal, er hatte sie im Moghul-Rikschas Laden gesehen. Fünftausend Euro. Ein Wunder musste geschehen.

Katja? Er griff zum Telefon und wählte. Leider hatte er ihr die dreihundert Euro nicht zurückgezahlt. Er brach das Wählen ab, ließ den Telefonhörer sinken. Allerdings hatte sie nie Druck gemacht. Er wog den Hörer in der Hand.

Vielleicht sollte er eine Weile für einen Rikschaverleiher fahren. Aber für die Halunken müsste er spätestens um elf Uhr anfangen und jeweils vorweg zehn Euro abdrücken. Unmöglich! Er wollte unabhängig bleiben. Erst recht von Katja.

Oskar ging zum Kühlschrank und öffnete ein zweites Bier. Hätte ihn sein Bruder Theo nur nicht beschissen! Oskar schüttelte den Kopf, die Erinnerung war ihm lästig. Wie ein Bruchstück aus einem schlimmen Traum. Heftig setzte er die Flasche ab. Das Bild seiner Mutter schoss ihm in den Sinn, wie sie ihn mit leerem Blick anstarrte und nicht erkannte. Achtzigtausend Euro hatte sie auf Theos Konto übertragen, damit er es verwaltete. Für sie beide! Aber nach ihrem Tod kaufte Theo sich davon den Kfz-Betrieb.

8

Oskar suchte im Handy Theos Nummer. Vergeblich. Aber er fand die Homepage seiner Firma. Sah professionell und teuer aus.

Nach dem dritten Klingelton nahm Theo ab und zögerte. »Wirklich, du? – Schön, dass du anrufst.« Seine Stimme überschlug sich vor Freude.

Ein gutes Zeichen. »Tut mir leid, Theo, ich habe mich lange nicht gemeldet.«

»Seit Mama begraben ist, nicht mehr.« Jetzt klang Theo vorwurfsvoll. »Vielleicht kommst du mal wieder nach Hause.«

Nach Hause. Oskar sah sich als kleines Kind auf dem Schoß seines Vaters, seines leiblichen Vaters, Nikita, der ihn schaukelte und *Bajuschki baju* mit ihm sang.

Einmal wirst auch du ein Reiter / wirst von mir ziehen immer weiter / fernen Ländern zu.

»Ja, vielleicht, Theo, – mal sehen.« Oskar stellte die Bierflasche ab. »Im Augenblick habe ich andere Sorgen. Meine Rikscha hat den Geist aufgegeben. Ich muss Geld für die Reparatur oder für eine neue auftreiben.«

Der Bruder schwieg.

»Irgendwie krieg ich das hin. Nur im Moment ist es eng.«

»Du fährst Rikscha?«

»Ja, eine stabile bräuchte ich, mit Stahlrahmen und allen Schikanen, gut gepolstert.«

»Als Taxe oder eine Art Stadtführer?«, fragte Theo.

Sein kleiner Bruder biss an, immerhin. »Stadttouren sind mir am liebsten, aber manche Leute wollen nur von A nach B. Ich kreuze schon seit drei Jahren durch Berlin. Selbstständig! Ich stehe oft am Fernsehturm oder am Brandenburger Tor und habe klasse Touren im Angebot, touristische Highlights, historische Fahrten. Fahre auch Liebespaare zu versteckten Orten.«

»Was du immer so machst. Mensch, Oskar, ich habe dich vermisst! Komm mich besuchen. Dann reden wir über alles.«

»Im Moment bin ich knapp dran und ...«

»Für die Bahnfahrt könnte ich dir was überweisen. Wir sind eine Familie.«

Familie.

»Ich, ich muss mich um die Rikscha kümmern.« Verfluchter Stress! Beinahe hätte er zu stottern angefangen. Ging alles wieder von vorne los? Früher hatte der kleine Bruder ihn ausgelacht, wenn er nicht die richtigen Worte fand. Würde sich Theo heute auch noch so verhalten?

»Verstehe ich.« Theo klang enttäuscht. »Ich habe auch zu tun. Jede Menge Autos warten auf dem Hof und wollen repariert werden. Wir können ja wieder telefonieren.«

Es war still in der Leitung. Würde das Gespräch jetzt enden, käme Oskar nie an sein Geld. Er räusperte sich.

»Ich könnte mit dem Flixbus fahren. Berlin–Münster sechs Stunden. Das kriege ich noch hin. Ich will dir ja nicht auf der Tasche liegen.«

»Du bist immer willkommen!« Theo klang ehrlich. »Nächste Woche ginge es, am Wochenende. Ich lasse mich überraschen.«

»Dann überrasche ich dich schon nächsten Samstag.«

»Ich freue mich auf meinen Bruder.«

9

Oskar bestieg den Flixbus und fand hinten einen Doppelplatz, auf dem er weiterschlafen konnte. Die Landschaft verschwamm im Regen, es gab nichts zu sehen. Er fiel in einen unruhigen Halbschlaf und träumte von dunklen, vergitterten Räumen und Stürzen in tiefe Brunnen; er fiel und fiel, endlos tief, und konnte sich nicht halten. Beim Aufwachen hatte er Herzrasen und spürte noch die Schläge seines Stiefvaters, Gregor. Als ein Fenster beim Fußballspiel zu Bruch gegangen war, hatte der einen Ast von Nikitas Birken geschnitten. Oskar liebte sie, weil sie sein wirklicher Vater vor das Haus gepflanzt hatte. Damit hatte Gregor ihn verprügelt und dann, weil er beim Entschuldigen stotterte, in den Keller eingesperrt.

Warum saß er in diesem Bus? Nach zehn Jahren? Unterwegs zu Theo, der dem Stiefvater ähnelte und den ihre Mutter wie ein Prinz verwöhnt hatte? Es schüttete wie aus Kannen, als wollte das Wetter ihn warnen. Umkehren sollte er. Die nächste Haltestelle war Hannover. Er stöpselte sich die Kopfhörer in die Ohren und suchte den Tango *Balada Para un Loco – Ballade für einen Verrückten.*

Porque los maniquíes me guiñan …
Die Schaufensterpuppen zwinkern mir zu,
die Ampeln zeigen mir drei himmlische Lichter
und die Orangenbäume des Händlers an der Ecke
schenken mir ihre Blüten …

Mehrfach hörte er die Ballade. Der Bus schaukelte über die Autobahn.

Ich weiß doch, dass ich verrückt bin, verrückt, verrückt!

Am frühen Nachmittag erreichte er Hiltrup, einen Vorort von Münster. Er klingelte bei Theo, zwei-, dreimal und wartete. In den Beeten blühten Tulpen. Die Birken standen noch da. Von den Stämmen war die weiße Borke fast ganz abgeblättert.

»Hallo?« Theos Stimme in der Sprechanlage klang aufgeregt.

»Ich bin's, Oskar.«

Sein Bruder öffnete. »Tut mir leid. Ich musste noch telefonieren.« Das Handy, das er zur Entschuldigung hochhielt, fiel ihm fast aus der Hand.

Oskar folgte ihm ins Wohnzimmer. Es war aufgeräumt und peinlich sauber. Sonnenlicht fiel durch die Tüllgardinen auf den Küchenschrank aus den Siebzigern und den ausgelatschten Orientteppich. Die Sachen der Eltern. Es roch nach Linoleum und selbst gemachter Marmelade. Oskar war, als haftete der Geruch von früher an den Wänden. Über einer Kommode hing ein Familienfoto, goldfarben gerahmt: Auf dem Sofa saß Mutter im Arm von Gregor. Davor stand ihr gemeinsamer Sohn Theo mit einem Fußball. Oskar drückte sich hinter seine Mutter, von ihr und dem Sofa halb verdeckt.

»Ich habe dich immer gewinnen lassen.« Oskar zeigte auf den Ball.

»Du warst ja auch größer.«

»Ich habe dich beschützt. Weißt du noch, wie du zu mir ins Bett gekrochen bist?« Damals war er seinem Halbbruder nahe gewesen. Oskar erinnerte sich an ein wohliges Gefühl, das er nicht näher benennen konnte. »Du hattest Angst vor deinem Vater.«

»Kann schon sein. Wir beide!«

»Ich habe den Gregor gehasst. Seit der da war, wollte ich weg.«

»Aber …«

»Gregor hat – hat mich geschlagen, mit einem Birkenzweig oder seinem Ledergürtel – wenn ich gestottert habe.«

»… dein Vater war schlimmer«, sagte Theo.

»Woher willst du das wissen! Du bist erst nach seinem Tod geboren. Mein Vater war immer fröhlich.«

»Nikita hat gesoffen.«

Einen Moment lang war Stille, Oskars Hals wie zugeschnürt. Er schüttelte den Kopf. »Aber – aber nur in seinem letzten Jahr. Da war er krank und arbeitslos.« Ihm drängten sich die Bilder auf. »Du hast recht. Manchmal war er betrunken. Ich war froh, wenn er eingeschlafen war.«

»Und geprügelt hat Nikita auch.«

»Was weißt du schon. Nur, was Mama dir erzählt hat, stimmt doch, oder?«

Theo nickte. »Sie hielt zu Gregor.«

»Mein achter Geburtstag, ich weiß es noch genau.« Oskar stockte. »›Du Nutte‹, hat Nikita gebrüllt. ›Hau ab, wenn du's mit Gregor treibst.‹«

»Wirklich? Und Mama?«

»*»Dermo! Dermo!«* – Stinktier!, hat er sie auf Russisch verflucht und gegen den Herd geschleudert; der Samowar mit dem heißen Wasser flog runter.« Oskar schob den rechten Ärmel hoch, zeigte den Fleck auf der Haut.

»Du Armer.« Theo legte ihm die Hand auf die Schulter.

Oskar löste sich und blickte nach draußen auf die Birken. »Ein paar Tage später war Nikita tot. Eine geplatzte Ader im Gehirn.«

»Mutter hat immer gesagt: Hätte ich den Nikita bloß nicht kennengelernt.«

Es entstand wieder eine Pause.

»Du weißt nichts. Vater war als Gefangener im Lazarett, nach einem Kopfschuss. Mutter war Krankenschwester und hat sich in ihn verliebt. Die waren damals wirklich verliebt.«

»Das kann nicht lange angehalten haben«, sagte Theo.

»Nur im letzten Jahr nicht mehr. Vorher hat Nikita oft mit Mutter Polka getanzt.« Oskar zeigte auf das abgenutzte Linoleum. »Wenn ich aus dem Kindergarten kam, manchmal auch mit mir, und er hat russische Lieder gesungen, bis Mutter zum Essen rief.«

»Ach ja. Der Kaffee wartet!« Theo ging in die Küche.

Oskar schaute auf das Linoleum. Kratz- und Schleifspuren, von gekurvten Schritten, als wäre es gestern gewesen. Wie ging dieses russische Lied? Er summte es, der Text fiel ihm nicht ein. Damals wollte er Tänzer werden und übte Breakdance im Sportverein.

»Kommst du?«, rief Theo.

In der Küche duftete es nach Pflaumenkuchen und Kaffee. Oskar setzte sich an den Esstisch, in der Mitte stand eine Vase mit Rosen. Die Kanne auf einem Stövchen. Teller und Tassen mit Rosendekor. Wie damals.

»Gemütlich hast du es!« Mit dem Geld von Mutter. Zeit, etwas abzugeben. Oskar lächelte.

»Schade, dass du so weit weg wohnst«, sagte Theo.

»Kommt noch jemand?« Oskar deutete auf ein drittes Gedeck.

»Ich möchte, dass du Konstantin kennenlernst. Er hat eben angerufen, er verspätet sich.« Die Kuchengabel in seiner Hand vibrierte auf dem Tellerrand. »Konstantin ist mein Freund. Am Wochenende wohnt er hier.«

Ein Geheimnis. – Das war Oskars Chance. Er brauchte nur den Druck zu erhöhen, um Theo in die Enge zu treiben. Wenn nicht dieser Konstantin vorher auftauchte. »Eine Wohngemeinschaft?«

Theo antwortete nicht. Seine Augenlider zuckten. Er nahm Oskars Tasse und goss aus der Kanne ein. Nichts ging daneben, dank Tropfenfänger.

»Du bist mit einem Mann liiert?«

»Es ist nicht einfach in der Siedlung …« Theo flüsterte: »Aber wir lieben uns.« Er hielt Oskar den Kuchenteller hin. »Schön, dass ich meinen Bruder mal bedienen kann.«

»Mit Mutters Servierplatte. Du hast es gut hier, ihre Wohnung, ihr Geld. Ich musste ohne einen Pfennig auskommen.«

»Ach, Oskar!« Theo schlug die Augen nieder. »Die Werkstatt hat mich nicht reichgemacht. Übrig blieb da lange nichts. Ich hab' mich allein um Mama gekümmert, bis zum Ende.«

»Du warst ja auch ihr Lieblingssohn. Ich musste nach dem Abi nach Berlin gehen.«

Theo trank und betrachtete die Tasse. Dann setzte er sie hart ab, sie klirrte. »Ich durfte nicht mal zur Realschule und musste in die Schlosserlehre.«

»Ich weiß. Ist Scheiße gelaufen. Der Alte hat dich Deppi genannt, weil du in der Schule Fünfen hattest.« Oskar löffelte Sahne auf seinen Pflaumenkuchen und aß. Mit Vorwürfen kam er nicht weiter. Er musste einen anderen Dreh finden. Das Aufschließen der Tür unterbrach seine Gedanken.

»Konstantin!«, rief Theo hörbar erleichtert.

10

In der rot-schwarzen Arbeitskleidung eines Elektroinstallateurs kam Konstantin mit schwungvollem Schritt herein. Ein paar Jahre jünger als Theo. Wie würden sich die beiden begrüßen?

»Ein Kunde hat mich aufgehalten. Ich bin Konstantin.« Er streckte Oskar die Hand entgegen. »Theo hat viel von dir erzählt.«

»Freut mich!« Oskar nahm die Hand. »Wie lange wohnt ihr schon zusammen?«

Theo hielt die Kuchengabel starr.

»Seit fünf Jahren …«, Konstantin ging zu Theo, umschlang ihn und küsste ihn auf den Mund. »Seit fünf Jahren sind wir ein Paar!«

Theo unterbrach ihn: »Setz dich doch!« Er goss Kaffee nach, auch für Konstantin, doch der ging in Richtung Bad. »Ich muss erst duschen.«

Theo schaute ihm hinterher. »Konstantin ist das Beste, was mir passieren konnte.«

Wie hatte der Bruder sich verändert. Kein trauerndes Muttersöhnchen mehr.

»Du bist glücklich und hast einen florierenden Betrieb. Ich habe mich ohne Kapital zum Fuhrunternehmer hochgearbeitet, allein.«

»Gratuliere. Das ist sicher spannend, Leuten Berlin zu zeigen.«

Oskar stocherte mit der Kuchengabel in der Sahne. Jetzt oder nie. »Wäre nur die meine Achse nicht gebrochen.«

»Die kann man schweißen.«

»Zur Not. Bis sie wieder bricht. Leider ist der Akku auch hin. Ein ausdauernder 20Ah-Lithium-Akku ist schweineteuer, und ich brauche Scheibenbremsen. Die alten sind runter; lebensgefährlich sind die!«

»Verstehe – eine neue Rikscha. Kostet?«

»Eine gute? – Fünftausend.« Oskar setzte sich auf die vordere Sesselkante, schaute erwartungsvoll. »Ausgerechnet jetzt, wo mein Konto im Minus ist. Ich habe es gerade noch hergeschafft, für neunzehn Euro hin und heute Nacht zurück. Ein Wunder bräuchte es!«

Theo schluckte, schloss die Augen. »Ich muss auch ganz schön rechnen, aber ich habe heute Morgen ein Auto verkauft.«

Endlich hatte er ihn soweit. Oskars Handy vibrierte und tönte *We are the champions*.

»Entschuldige!« Er zog es aus der Hosentasche. Beates Porträt. Er drückte den Anruf weg. »Eine Tanzpartnerin. Egal. Du hast ein Auto verkauft?«

»Tanzt du noch?«

»Lieber denn je, aber …«

Beates Nachricht leuchtete auf: »Wollen wir wieder tanzen?«

»Samstag, Tangobergwerk!«, schrieb Oskar schnell zurück.

Beate sandte ihm ein Smiley. »Bis Samstag.«

»Du und die Frauen. Ist denn was Ernsthaftes dabei?«

»Und ob!« Oskar zeigt ihm Beates Bild und schickte ihr ein zustimmendes Herzchen. »Samstag tanze ich mit ihr.«

Samstag wollte er auch Sophie treffen. Mist! Aber egal, dann sah sie gleich, wie begehrt er war.

Theo räusperte sich. »Sie heißt Beate?«

»Eigentlich …, ja, eine Apothekerin. Letzten Herbst habe ich oft mit ihr getanzt.«

»Alleinstehend?«

»Ihr Mann starb an Krebs. Ich habe sie unterstützt.«

»Es ist schön, jemanden glücklich zu machen. Wie hast du ihr denn geholfen?«

Oskar horchte in Richtung Bad. Viel Zeit blieb ihm nicht.

»Samstags nach Ladenschluss habe ich sie von der Apotheke zum Tanzen abgeholt. Es tat ihr gut, sich mal nicht noch um Bürokram oder das Enkelkind zu kümmern.«

»Bist du nicht mehr mit Patricia …?«

»Ach, ist lange her!« Oskar winkte ab. »Aber wir reden nur von mir. Wie geht es dir heute, mit deinem Betrieb?«

»Was ist denn mit Patricia?«

»Schon lange geschieden!«

»… und eure Tochter. Iris? Sie müsste achtzehn sein.«

»Im Juli wird sie achtzehn, mein süßes Mädchen; ich vermisse sie. Aber es geht nicht.« Oskar schaute wieder auf die Birken.

»Was geht nicht?«

»Ich habe keinen Kontakt mehr zu Iris.« Dass er sie seit zehn Jahren nicht gesehen hatte, verschwieg er lieber. »Ist jetzt auch egal.«

»War es schwer?«

»Mutters Tod und die Trennung von der Ex – das war schlimm. Eine harte Zeit.« Schon morgens hatte er das Spiegelei mit Schnaps hinuntergespült und seitdem einen Haufen Schulden. »Als Taxifahrer ging es wieder bergauf, und seit drei Jahren habe ich die Rikscha. Wäre nur der Unfall nicht passiert.«

»Unfall?«

»Stell dir vor, der Asphalt auf dem Radweg war löchrig, ein Teil war weggebrochen. In voller Fahrt bin ich ins Loch gerasselt. Die Rikscha ist hin. Wenn ich nur einmal richtig Glück hätte!« Oskar hörte Konstantin im Bad summen. Sobald der wieder am Tisch saß, würde es zu spät sein. Er schaute Theo an. »Du hast es gut – und einen tollen Liebhaber.«

»Findest du?« Es schien Theo die Sprache zu verschlagen.

»Ganz sicher!«

Theo richtete sich auf. »Ich könnte dir schon helfen.«

In Jeans, weißem T-Shirt und mit nassen, verstrubbelten Haaren kam Konstantin zurück. Er strahlte. Oskar hätte ihn am liebsten erwürgt.

»Helfen, höre ich? Wobei können wir helfen?« Er setzte sich und trank.

»Lass mal!« Theo wehrte hastig mit der Linken ab. »Das ist eine Sache unter Brüdern.«

Oskar nickte. »Ach, Theo. Schön, wenn wir uns öfter treffen würden.«

»Ja, gern!« Theos Stimme klang heller. Vielleicht ergab sich dann eine neue Gelegenheit. Hoffentlich machte er bis dahin keinen Rückzieher.

»Ein Grund zum Feiern!« Konstantin holte Sekt und Gläser, öffnete die Flasche und goss ein.

»Ich könnte schon zu deinem Einundfünfzigsten wiederkommen, im Juli! Mit dem Flixbus.«

Theo nickte ihm zu. »Noch besser! Ich werde dich vorher in Berlin besuchen, meinen Bruder.«

Theo in Berlin? »Aber …«

»Auf eure Brüderschaft!«, sagte Konstantin.

Sie stießen an und tranken. Theo umarmte Oskar, wie ewig nicht mehr. Verwirrend fühlte sich das an.

»Nach Berlin komme ich gern mit«, sagte Konstantin.

Auf keinen Fall!

»Na klar!«, sagte Theo. »Dann zeigt Oskar uns seine neue Rikscha.

»Aber …«

»Lass mich dein Wunder sein. Ich habe das Geld in der Kasse – der Käufer heute Morgen hat bar gezahlt.«

Konstantin pfiff leise.

Oskar hielt sich am Tisch fest. »Ich glaube, ich kann das nicht annehmen.« Er biss sich auf die Zunge. Was redete er denn? Er hatte es geschafft! Aber die beiden in Berlin?

»Doch, das musst du!«

»Aber so bald könnt ihr sicher nicht …«

»Doch!« Theo stand auf. »Ich bin gleich wieder da.«

Konstantin goss ihm Sekt nach. »Ich freue mich auf Berlin.«

Oskar schwieg.

Wenig später zählte Theo das Geld ab und hielt es ihm hin.

Die Scheine knisterten zwischen seinen Fingern.

11

Montagfrüh betrat Oskar den Neuköllner Moghul-Rikschas Laden. Unter einem Dutzend neuer Karossen stand auch sein Traummodell. Ein junger Mann erklärte ihm Unterschiede, Heck- und Frontmotor, Scheiben- und V-Bremsen. Oskar blieb vor der Royal stehen. Knallgelb – an den Rändern regenbogenfarben – mit Baldachin, die schönste, die er je gesehen hatte. 4.990 Euro. Er nickte dem Verkäufer zu. »Die interessiert mich!«

»Unser Prachtstück. Aber dieses Modell«, er zeigte auf die Rikscha daneben, »ist auch gut ausgestattet und deutlich günstiger.«

Oskar steckte seine Hände in die Hosentaschen, streckte seinen Rücken durch. »Ach was. Wenn schon, denn schon! Wenn sogar Sie sich ungern von ihr trennen, dann ist sie die Richtige. Die Royal muss es sein.«

»Mit Ratenzahlung?«

Oskar zog einen Umschlag aus der Tasche. »Ich zahle bar.« Er zählte ihm die Scheine in die Hand.

Gemeinsam schoben sie das Gefährt aus dem Laden durch eine Doppeltür in den Hinterhof, vorsichtig, damit es nicht gleich Schrammen bekam. Oskar hatte ein Tanzschul-Werbeplakat der Schöneberger Tangosuite samt Kleber mitgebracht. Der Verkäufer half, es an die Hinterwand der Rikscha zu drücken. Die Tänzerin auf dem Plakat trug ein knallrotes Kleid mit tief ausgeschnittenem Dekolleté und nacktem Rücken bis zur Taille. Sie schwang ihr entblößtes Bein um die Hüfte des Tanzpartners.

»Scharfes Bild!« Der junge Mann lachte.

In fettem Rot schrieb Oskar darunter:

*Oskars fünfte Dimension
Tango-Rikscha*

Mit Blick in den Weitwinkel-Rückspiegel strich er seine Locken zurück, lenkte die Karosse vom Hof, die Bordsteinkante hinunter. Es rumpelte; kein Problem, er fuhr ja kein Wrack mehr. Von nun an ging sein Leben aufwärts. Er fuhr über die Karl-Marx-Straße Richtung Innenstadt, genoss den Fahrtwind und hielt sein Gesicht zur Sonne. Tief sog er den Duft von Holunderblüten ein und stellte sich vor, dass Sophie hinter ihm säße, lächelnd wie eine Sphinx. Er summte: *Vuelvo al sur…*

Zurück nach Süden / holt uns doch immer die Liebe ein…

Als erfolgreicher Geschäftsmann – im hellen Jackett und dunklen Jeans – würde er ihr gefallen.

An der Hasenheide winkte ihn ein Mann mit Aktenkoffer zu sich. Er ließ sich zum Patentamt fahren und bedankte sich mit einem Fünfer.

Oskar stellte sich vor den U-Bahnhof Hallesches Tor, schaute Passanten entgegen, grüßte sie. »Rikscha-Taxi gefällig?«

Er brauchte nicht lange zu warten. Ein Geschäftsmann aus Sankt Petersburg hatte die Synagoge in

der Oranienburger Straße und das Brandenburger
Tor als Ziel. Von dort wollten zwei Touristinnen aus
München die »Mitte« um den Gendarmenmarkt er-
kunden. Dann ließen sie sich zum Mehringdamm
kutschieren, wo es die beste Currywurst weltweit
gäbe. So schnell hatte er noch nie Fahrt um Fahrt
bekommen. Eine Familie mit einem Kleinkind aus
Neukölln stieg für eine Tour über das Tempelhofer
Feld und zur Eisfee in die Akazienstraße ein. Sum-
mend trat er in die Pedale. Ein Glückspilz!

Vom Brandenburger Tor aus kurvte Oskar einmal
über den Pariser Platz – um Touristengruppen und
fotografierende Fußgänger herum – und genoss deren
Blicke. Vor dem Hotel Adlon warteten zwei Rikschas.
Er postierte sich neben eine verschrammte Miet-
Karre aus den 70ern.

Der jüngere Kollege kam auf ihn zu. »Ich nehme
an, es läuft?«

»Bestens.«

»Wow, mit Front-E-Motor!« Der Kollege musterte
sie von allen Seiten. »Und ein Lithium-Akku?«

»Mit zwanzig Amperestunden – der stärkste und
ausdauerndste, den es gibt – und drei hydraulischen
Scheibenbremsen.«

»Ein Luxusmobil! Jetzt hebst du ab.«

»Ich bleibe immer noch derselbe.«

Ein Portier kam aus der Drehtür mit zwei überge-
wichtigen Amerikanern. Nach einem Blick auf die
Rikschas näherte er sich Oskar.

»Machen Sie Stadtrundfahrten?«

Der Kollege murrte. Oskar überhörte es.

»Warteschlange!«, rief der andere.

»Der Portier hat entschieden.« Oskar hob seine Arme, als könnte er nichts dafür, nahm den Auftrag an, drückte dem Portier unauffällig einen Fünfer in die Hand und händigte ihm einige seiner neuen Flyer aus.

Oskar, der erfahrene Stadtführer.
Mit Oskars romantischer Royal-Rikscha
gleiten Sie exzellent!
Fahren Sie grün – für die Zukunft Berlins.

Oskar blätterte den doppelt gefalteten Prospekt auf. »Für Ihre Gäste habe ich hier drei East-Side- und drei West-Side-Routen aufgeführt. Ein Mix aus Highlights und Geheimtipps!« Er wies auf die Handynummer unter seinem Porträt. »Immer erreichbar!«

»Sehr schön! Ich habe Montag ein Paar aus Schwaben, die möchten Berlin erleben. Ich rufe Sie an.«

Oskar bat die Amerikaner einzusteigen. Das Gefährt senkte sich. Na und? Mit dieser Gondel könnte er sogar Elefanten spazieren fahren. Er legte los, dachte an Samstag und summte Liebes-Schnulzen, bis er aus der Puste kam. Der Fahrtwind trocknete seinen Schweiß. Zügig glitten sie zum Checkpoint Charlie. Trotz der Kurzstrecke gab es zwanzig Euro Trinkgeld.

Heute begann eine Glückssträhne – war er sich sicher. Um seine Miete musste er nicht mehr bangen.

Wenn das Geschäft so weiterliefe, konnte er Katjas Geld bald zurückzahlen. Und seine fünfte Dimension in das schicke Ganymed-Restaurant am Schiffbauerdamm mit Blick auf die Spree zum Essen einladen.

Er bat einen Fahrgast, ihn vor der Rikscha zu fotografieren, schickte das Foto an Theo und schrieb: »Mit der Royal-Rikscha bin ich der King. Ich danke dir! Sogar das Hotel Adlon muss vorbestellen. Ein Wahnsinn.«

»Du hast sie verdient«, schrieb Theo zurück. »Wir werden dich bald besuchen.«

Theo und Konstantin in Berlin! Hätte er das doch in Münster schon verhindert! Er konnte mit denen nichts anfangen. Er brauchte Zeit für Sophie und keine Hinterwäldler am Rockzipfel.

Oskar stellte sein Handy aus.

12

Trotz Rikscha-Wetters mit milder Maisonne parkte Oskar sein Gefährt am Samstag um zwei in seinem Schuppen ein.

Er duschte und rasierte sich, trug Rasierwasser und eine aromatisch duftende Gesichtscreme aus Ambra auf, die er sich neu gekauft hatte und ab sofort täglich verwenden wollte. Seine beste Hose zog er an, eine weiche aus Kaschmir mit Längsstreifen und Bügelfalten, dazu ein dunkelrotes Hemd aus Seide – das würde sie mögen. Eine Packung Kondome steckte er ein. Im Spiegel lachte ihn ein gut aussehender Mann an. Mindestens zehn Jahre jünger wirkte er. Die grauen Strähnen sah man kaum. Sie schillerten silbrig im blonden Haar.

Um vier Uhr betrat er das Schöneberger Tangobergwerk, in blankgeputzten Schuhen, mit breiter Brust und Siegerlächeln. Sein Blick streifte über die Tische.

Keine fünfte Dimension. Nur wenige, zumeist ältere Paare drehten die Runde. Ein Opa schob eine Magersuchtfigur über das Parkett. Rentnertanz bei Kaffee und Kuchen. Oskar war mit sechzig einer der Jüngeren hier und der Fitteste. Niemand würde so wie er übers Parkett schweben. Wäre der Raum mit den Glasfronten nur nicht so hell – keine gute Tageszeit für erotisches Tanzen. Letztes Jahr hatte er hier mit Beate Karnevalstango gefeiert. Die Fenster waren verhängt worden. Im Dämmerlicht war die Stimmung berauschend – wäre Beate nur nicht so prüde gewesen. Mit Sophie würde es fabelhaft werden.

Oskar sah Katja hinten im Raum mit zwei Frauen an einem Tisch. Sie hatte ein Stück Apfelstrudel aufgespießt, wedelte damit auf und ab, als führe der Kuchen einen Vals vor, und wies mit dem Kopf auf die an der Theke stehenden Männer. Spottete Katja über sie? Die drei prusteten los und schüttelten sich vor Lachen. Heute würde sie sich wundern. Nachsichtig lächelte er und ging auf sie zu.

Katja sprang auf, umklammerte ihn stürmisch und strich mit den Händen um seine Schultern. »Tolles Seidenhemd!«

»Schön, dich wieder im Arm zu haben.«

»Oskar, stell dir vor: Ich bin befördert worden. Seit gestern bin ich Kita-Leiterin.«

»Gratuliere! Darauf gebe ich einen aus. Sekt für alle am Tisch!« Er als begehrter Mittelpunkt einer feiernden Gruppe – das würde ihn attraktiv machen.

»Spinnst du?« Katja schüttelte den Kopf. »Ist bei dir der Geldsegen ausgebrochen?«

»Schschsch!«

Die Bedienung brachte Sekt und Gläser an den Tisch.

»Gib mir die Flasche.« Oskar schwenkte sie vor den Frauen wie eine Trophäe, den Eingang im Blick.

Die Tür ging auf, ein älteres Paar schritt herein, zusammen mit Ralf, der letztes Mal so langweilig mit Katja getanzt hatte. Heute im blaugrauen Anzug und in schwarzglänzenden Lackschuhen. Ralf hob die Hand zur Begrüßung. Oskar winkte ihm mit der Sektflasche zu, öffnete sie mit großer Geste, und der Sekt schäumte über. Er schenkte ein, auch für sich.

»Was sagt dein Kardiologe dazu?«, flüsterte ihm Katja ins Ohr.

»Ein Glas vertrage ich; heute kann mir nichts etwas anhaben.« Er prostete allen zu und erzählte von der Royal. »Ich habe ein Plakat von der Tangosuite auf die Rückseite geklebt und dafür immer freien Eintritt.«

»Unglaublich! Eine teure Rikscha.« Katja musterte ihn. »Wie hast du das geschafft?«

»Mit meinem Charme, meinem Intellekt und guten Aussehen!« Oskar lachte und goss nach. »Du kriegst dein Geld bald zurück«, flüsterte er ihr zu.

»Du Glückspilz!« Katja strich ihr schulterfreies Kleid glatt und hielt ihm die Hand hin.

Auf der Tanzfläche verfiel er mit ihr in sanfte Bewegungen, die Schultern locker. Schnelle Sacadas vermied er; die würden ihm mit Sophie besser gelingen. Heute musste er Katja nicht in waghalsige Drehungen zerren. Der Kontakt wurde entspannt und innig, ihr Kleid knisterte. Sie drückte sich an ihn, bis zu den Hüften wie verwachsen, was seine Bewegungsfreiheit begrenzte. Selbst wenn er für eine Verzierung oder für eine ganze Drehung Abstand suchte, schmiegte sie sich wieder an. Sie öffnete ihre rot geschminkten Lippen halb, mit erwartungsvollem Ausdruck und einem herausfordernden Funkeln in den Augen. Er spürte ihren Geruch, ihre weiche

Wärme, die üppigen Rundungen und Spitzen ihrer Brüste. Heute könnte er alle Frauen lieben.

Sophie war immer noch nicht zu sehen. Hatte sie ihn irregeführt, als sie sagte, dass sie samstags hier tanzen würde? Oskar begleitete Katja zu ihrem Platz. Sein Blick fiel auf eine junge, blonde Frau, um die dreißig, im kurzen Kleid, allein vor einem Rotwein. Sie verzog ihr Gesicht zu einem Lächeln und ließ sich auf einen Augenflirt ein. Konnte er es wagen? Er ging auf sie zu und blinzelte sie an. Sie stand auf und streckte ihm die Arme entgegen. Ihre Brust wirkte noch schöner.

So eine hatte er verdient. Es kribbelte ihm den Nacken hoch. Sie überragte Oskar um einen halben Kopf, kein Wunder bei ihren langen Beinen.

Er suchte die enge Umarmung mit ihr. Sie fühlte sich dünn an, hielt ihn fern und machte ausladende, wilde Schritte; eine Anfängerin nach den ersten Tanzstunden. Mit winzigen Gesten versuchte er, sie zu dirigieren, verstärkte den Druck seiner Hand auf ihrem Rücken, aber der Brustkontakt riss wieder ab.

Nur nicht in einer unglücklichen Pose erwischt werden. Er musste perfekt aussehen. Großzügig gab er seiner Tanzpartnerin Hinweise, wie sie auf seine Impulse reagieren könnte. »Ganz locker, lass dich führen. Achte bei jedem Schritt auf deine Achse.«

Sie warf ihm ein dankbares Lächeln zu und versuchte, mit tastenden, rutschenden Schritten voranzukommen, ein junges Kalb auf Glatteis. Er schaute sich verstohlen um und registrierte Katjas spöttische Blicke.

Wäre es nicht zu unfreundlich, brächte er die unterkühlte Tanzpuppe wieder zurück. Oskar wollte nicht gegen sie kämpfen. Er trottete ihr zwei Tänze hinterher, mit Schweiß auf der Stirn, und gestattete ihr, an ihm herumzuzerren und ihn wie einen Anfänger aussehen zu lassen.

Oskar begleitete sie zu ihrem Rotwein. »Toll, wie mutig du dich auf das Parkett wagst. Bleib dran!«

»Dankeschön!« Sie setzte sich, schlug die Beine übereinander, zog das Kleid zurück, dass er den nackten Oberschenkel sehen konnte, und klimperte ihm mit den Augendeckeln zu. »Gern mal wieder.«

Aufrecht mit erhobenem Kopf ging er an den älteren Damen vorbei. Sie blickten pikiert.

13

Zur Tanzpause standen die Fenster offen. Kühlender Wind streifte seine Haut. Der Saal füllte sich. Von Sophie keine Spur.

Oskar setzte sich zu Katja.

Sie grinste. »Das Püppchen liegt dir bestimmt zu Füßen, wenn du ihr Tanzen beibringst.«

Oskar lachte. »Dann habe ich es auch verdient, oder etwa nicht?«

»Doch, du bist süß. Die nächste Runde möchte ich wieder mit dir tanzen.« Katja nahm sein Gesicht in die Hände und gab ihm einen Kuss.

Oskar spürte einen Blick auf sich ruhen. Beate kam auf ihn zu. Schlank, die rechte Hand lässig in der Hosentasche, flache Sportschuhe, ihr rotblondes Haar halblang. Der ärmellose, türkisblaue Hosenanzug gab ihr etwas Strenges. »Hallo!« Sie winkte Katja und den anderen Frauen zu.

»Dein Anzug steht dir!« Oskar stand auf, öffnete die Arme. »Hinreißend siehst du aus.«

Sie nickte – verhalten, als mochte sie sein öffentliches Komplimentieren nicht. »Schön, dich wiederzusehen.« Fragend deutete sie in Richtung Katja.

Störte Beate sich an Katjas Kuss? Das wäre ihm egal, aber hoffentlich durchkreuzte sie nicht seinen Plan mit Sophie. Was konnte er tun, wenn Beate auf ihrer Verabredung bestand? Er war ihr nichts schuldig, eher umgekehrt. Nach dem Tod ihres Mannes hatte er ihr Halt gegeben. Er hielt ihr seine offenen Handflächen hin; er hatte nichts zu verbergen. Sie konnte gern das Bild abrunden, das er sich für den Augenblick herbeiwünschte, wenn Sophie den Saal betrat.

Katja schaute ihn erwartungsvoll an, nickte zur Tanzfläche.

»Nachher«, sagte er. »Trink gern noch einen Sekt.«

Beate lächelte; ihre Augen nicht. »Schau an, der Meistertänzer mit seinen Partnerinnen.«

»Ich habe vier Herzkammern, hat mein Kardiologe gesagt.« Mit der Rechten holte er weit aus und legte sie mit Schwung auf seine Brust. »Da kann ich auch vier Frauen lieben – oder etwa nicht?«

Alle am Tisch lachten, außer Beate.

»Aber du bist meine Liebste hier«, flüsterte er ihr ins Ohr.

»Du mit deinen Sprüchen. Was soll das Theater?«

»Komm, wir tanzen.«

Beate streckte ihren Nacken und ließ sich Zeit, viel Zeit, um mit ihm in die Umarmung zu gehen. Sie atmete tief ein, zögerte, zog ihren Hosenanzug glatt, als überlegte sie es sich nochmals, legte endlich ihren linken Arm um seine Schulter. Es kribbelte ihm unter der Haut, schon bevor sie sich an ihn lehnte.

Er deutete den ersten Schritt an und spürte Widerstand, als wollte sie ihn bremsen und sagen: Langsam, noch nicht.

Wenn schon. Er hatte Routine genug, begann vorsichtig mit kleinen Schritten, beschränkte sich auf Bewegungen, die er sicher führen konnte, damit sich ein erotisches Gefühl entwickelte. Behutsam dirigierte er sie in Rückwärts-Ochos, registrierte, wie sie seine Impulse umsetzte, und suchte den Brustkontakt. Doch sie drehte sich weg, als wäre es unangenehm, und reagierte stockend. Verdammt, warum lief es nicht? Es ruckelte zwischen ihnen.

»Tut mir leid«, sagte sie. »Ich bin noch gestresst. Eine Mitarbeiterin ist krank. Die letzten Wochen waren schlimm. Jetzt bin ich froh, wieder zu tanzen.«

»Ist schon gut.« Oskar nahm sie erneut in den Arm und verzichtete bei dem schwungvollen, aber langsamen Vals *Lágrimas Y Sonrisas – Tränen und Lächeln* auf technisch anspruchsvolle Schritte. Er beschränkte sich auf ein sanftes Dahinfließen. Die rauschhafte Melodie erleichterte ihm, sich auf Beate einzustimmen. Er war dem DJ dankbar. Allerdings veränderte sich der Rhythmus. Er musste genau hinhören, vor jedem Schritt klar entscheiden und ihn deutlich signalisieren. Er bemühte sich, in fließenden Bewegungen zu bleiben und den Vals nicht durch Richtungswechsel und Stopps zu zerhacken.

Bald kreisten sie ohne Rucken und Schlingern in fester Verbindung. Mit ihren Beinen beschrieb seine Partnerin Schnörkel, mal ausgreifend, mal verhalten, je nach Zeit und Platz. Sie entspannte die Schultern und schien langsam vom Chefinsein abzuschalten. Der Brustkontakt geriet enger.

Bei dem leicht schwingenden Vals *Que Lejos Que Estoy – Wie weit bin ich* wiegte sie sich mit ihm und summte zur dunklen, getragenen Stimme des Sängers:

Al verme tan solo y triste cual hoja al viento …
Mich so einsam und traurig zu sehen
wie ein Blatt im Wind
Ich würde gerne weinen,
ich würde gerne vor Gefühl sterben …

Ihr Arm lag um seinen Nacken, weich und warm. Als sie Oskars Anregung zu einem Vorkreuz als Rückschritt missverstand, lachte sie leise.

Das mochte Oskar. Er spürte ihr Vertrauen, wie sie bei den Vorwärts-Ochos mit ihrer Brust an seiner entlang rollte und ihn mit glänzenden Augen ansah. Ihre Blicke verhakten sich ineinander und ihm überkam eine feierliche Stimmung. Bei dem langsamen und schwermütigen Tango *Volver – Rückkehr* führte er getragen Achten.

Tengo miedo del encuentro …
Ich hab Angst vor dem Gestern,
das heute wieder den Weg mir verstellt,
und nachts im Albtraum bebe ich noch
vor Erinnerung …

Aus der Schlusspose richteten sie sich auf, ohne loszulassen. »Schön, mit dir«, sagte Oskar.

Beate öffnete die Augen. »Finde ich auch! Ich mag es, wie kreativ du tanzt. Jetzt hast du nichts mehr erzwungen. Da kann ich mich leichter der Musik überlassen, mi corazón.« Sie hauchte ihm einen Kuss auf die Wange.

»Nächsten Samstag wieder?«

»Da kommt mein Enkelkind. Besuche uns zum Kaffee. Jojo würde dich mögen. Ihr könntet Fußball spielen, und wir laufen dann auf den Teufelsberg?«

Dazu hatte er keinesfalls Lust. Wenn der Junge dabei war, konnte er Beate nicht auf die Pelle rücken. Mit ihr konnte es nichts werden, verkrampft, wie sie war. Sie jedes Mal erst aufzutauen, war auf Dauer zu anstrengend. »Das ist ungünstig. Nachmittags fahre ich Rikscha.«

»Dann nicht! Aber jetzt noch einen Tanz.«

»Wieso nur einen?«

14

Blicke richteten sich zum Eingang. Beate noch im Arm spürte er, dass sich die Aufmerksamkeit im Saal änderte. Oskar entdeckte den Anzug. Wen umarmte er da? Sie war es! Im Kleid in rötlich changierender Seide, beiderseits hoch geschlitzt, Schultern und Rücken bis zur Taille frei, ihre langen Beine in Netzstrümpfen. Oskar starrte sie an, erinnerte sich, wen er im Arm hatte, und zwang sich, den Blick zu Beate zu wenden. Doch er hielt es nicht aus.

»Die muss ich begrüßen.« Er deutete auf das Tanzpaar.

Beate umfasste ihn noch. Er mochte ihre Wärme, ihre Nähe, aber wohin mit ihr? Sie auf der Tanzfläche stehen lassen? Unmöglich. Ihm rasten Ausreden durch den Kopf. Er wollte Beate anlächeln, aber es wurde eher ein Grinsen. Er biss sich auf die Unterlippe.

Ein Idiot war er. Entspannen musste er sich, gut aussehen. Tief atmete er durch. »Beate, entschuldige!« Er umfasste ihr Handgelenk und zog sie sanft mit sich. Sophies Augen glänzten ihm dunkelgrün entgegen. Ihre Lippen kirschrot, die Fingernägel ebenso lackiert. Ihr langes, glattes Haar hatte eine Schwärze, die alles Licht einfing.

»Hallo! Schön, euch zu sehen«, sagte Oskar. »Darf ich euch Beate vorstellen, meine wunderbare Tanzpartnerin.«

»Ich bin Sophie«, sagte sie lächelnd, und zu Beate: »Schön, dein Hosenanzug; türkisblau liebe ich auch.«

Beate hörte mit ruhigem Blick zu. »Danke!«, sagte sie nüchtern.

Oskar umarmte Sophie. Beate, der er den Rücken zukehren musste, würde sich schon arrangieren. »Wir beide hatten vorletzten Samstag den perfekten Tanz.«

Sophies Rechte glitt über seinen Rücken. »Seide!«

»Extra für dich!«

Sie lächelte.

»Was gibt es zu feiern?« Ralf machte sich größer, mit durchgedrückten Knien.

»Meine neue Royal-Rikscha. Bitte, stoßt mit mir an.« Oskar winkte dem Barkeeper für eine zweite Sektflasche zu und lotste die beiden zu Katjas Tisch. Beate zog er im Schlepptau mit sich.

Dem Barkeeper gab er ein Trinkgeld und goss ein. »Es ist zauberhaft mit euch.«

Die Frauen umringten ihn und prosteten ihm zu. Er genoss ihre Blicke und stieß zuerst mit Sophie an.

»Große Party für eine Rikscha?«, fragte Beate langgezogen. »Habe ich was verpasst?«

»Für ein Jahrhundertereignis passend. Seit Montag habe ich sie.« Oskar wandte sich Sophie zu. »Ich lade dich zu einer Tour ein.«

»Aha.« Beate zog die Augenbrauen hoch. »Ich muss mal kurz ...« Abrupt drehte sie sich um und ging, rannte fast.

Das war wohl zu viel gewesen. Oskar wollte hinterher, sie aufhalten und sich entschuldigen. Wo war das Problem? Er machte nur zwei Schritte und stoppte, denn Sophie lächelte ihn an und näherte sich ihm.

»Was ist mit ihr?«

»Ach, wer weiß.«

Oh, diese dunkelgrünen Augen! Tiefgründig, ein geheimnisvoller Spiegel, der ihn hineinzog. Er konnte nicht länger hinschauen und senkte den Blick. Hoffentlich kam das nicht als Schwäche herüber.

»Schöne Schuhe!«, sagte er schnell. Ihre High Heels schillerten rot-schwarz, offenbar Meisterstücke.

»Aus Argentinien.«

»Dachte ich mir. Dir merkt man Buenos Aires an, so souverän, wie du dich in enger Umarmung bewegst. Als ich einige Monate da war, tanzte man nur eng.«

»Du warst dort?«

»Vor zehn Jahren. Nach meiner Scheidung brauchte ich Tapetenwechsel.«

»Dann kennst du auch das La Pispereta in San Telmo. Das Männerpaar mit der Show, Weltklasse!«

»Du meinst Alejandro Arroyo und Juan Ramirez. Ich habe die beiden in Almagro erlebt.«

»In der La Catedral?«

»Aber ja! Das war piantau, wie experimentell und kreativ die in der runtergekommenen Fabrikhalle getanzt haben. Aber das mit dir vorletzten Samstag – das war auch himmlisch, nur«, Oskar runzelte die Stirn.

»Was?«

»Danach habe ich dich vermisst.«

»Habe ich dich unglücklich gemacht?«

»Ich hätte gern weitergetanzt.«

»Ich musste los.«

Oskar sah sie fragend an.

»Ich bin viel unterwegs.«

»Statt mit mir zu tanzen? Das sollten wir ändern!« Er lächelte herausfordernd und hielt ihr die Hand hin. Rosenduft stieg in seine Nase.

Sie reichte ihm den Arm, doch dann klingelte ihr Handy. »Entschuldige!« Sie blickte auf das Display, winkte ihm zu und eilte zum Ausgang.

Bestimmt ein Liebhaber, etwa der Schraubstock?

Oskar unterhielt die Frauen am Tisch. Ab und zu blickte er zur Eingangstür. Beate erschien und nickte Oskar zu, um mit ihm zu tanzen. Er winkte sie zu einem Sekt heran.

Doch sie forderte einen älteren Mann auf, Oskar kannte ihn, einen erfahrenen Tanguero. Sie tanzten flüssig – mit Solodrehungen – an Oskars Tisch vorbei.

Katja sah auf. »Harmonisch, das Paar.«

Oskar nickte widerwillig.

Eine Hand legte sich auf seine Schulter. »Tanzen wir?« Er nahm einen feinen Rosenduft wahr, blickte auf in ein lächelndes Gesicht. Sophie reichte ihm ihre Rechte.

Er erhob sich, umgriff mit seiner Linken ihre Hand, schaute ihr in die glänzenden Augen und legte seinen Arm um ihre Taille. Er stockte, überrascht, ihre nackte Haut, warm und weich, zu fühlen, obwohl er den tiefen Rückenausschnitt ihres Kleides gesehen hatte. Seine Hand zögerte, nur kurz, und schmiegte sich dann sanft in die Kurve ihrer Taille.

Sie sah ihm prüfend in die Augen. Sein Zurückschrecken war ihr wohl nicht verborgen geblieben.

Im schnellen Rhythmus von *Ventarrón – Windig*, emotional und energisch, glitten sie Wange an Wange über das Parkett und umrundeten umhertappende Anfängerpaare. Dank Sophies hochhackigen Schuhen waren ihre Gesichter auf gleicher Höhe. Ihr Herz klopfte an seine Brust. Sie war offen für seine Einfälle. Wenn er den Takt verdoppelte, folgte sie ihm.

Nach einer besinnlichen Phase leitete er zu einem jähen Musikimpuls eine Drehung ein, ging explosiv mit einem Sacada-Schritt zwischen ihre Beine, tiefer als üblich, schnitt einen Haken und schob ihr Bein beiseite. Sie reagierte elastisch, schwebte in seinen Armen durch die Luft und landete sanft wie eine Katze. Er führte sie in Boleos, dass sich ein Schlitz ihres Kleides weit öffnete. Sie schenkte ihm ein Lächeln und richtete ihre Augen auf ihn, länger als gewöhnlich.

Er erwiderte ihren Blick; das tiefe Dunkelgrün bannte ihn.

Beate stand am Rand der Tanzfläche. Sie würde einsehen, dass sein Auftritt mit Sophie überirdisch und im Moment unersetzbar war.

Als Pausenmusik wurde zur Cortina ein Bolero im karibischen Rhythmus gespielt, zu dem er gern weiter getanzt hätte. Doch Sophie löste sich von ihm.

»Entschuldige, ich muss jemanden begrüßen.« Sie wandte sich einem Mann mit grau meliertem Vollbart zu, drückte sich an ihn und kicherte. Oskar fühlte in seiner Brust einen Schmerz, wie den Nadelstich in eine Fingerkuppe.

Der Vollbart sprach auf Sophie ein. Oskar versuchte vergeblich, ihren Blick zu erhaschen. Wäre es nicht unerhört, würde er trotz ihres Gespräches mit dem Vollbart Sophies Hand nehmen und sie zur Tanzfläche bitten. Einen Tisch weiter saß die junge Blonde und strahlte ihn an. Sie könnte seine Situation retten, dass er nicht wie ein Idiot dastand. Würde sie nur nicht so anfängerhaft staksen. Er sah sich nach Beate um, ohne sie zu entdecken.

Der fröhliche, ausgelassene Vals *Cebeza de Novia – Kopf der Braut* erklang. Oskar reichte es, näherte sich Sophie und schmiegte den Arm genüsslich um ihre nackte Taille.

Da kam Beate heran. »Schöner Vals!«

»Später!«

»Dann später!«

Der Vollbart schaute überrascht.

»So ein energiegeladener Vals passt für uns.« Oskar bot Sophie seine Rechte.

»Bis nachher!«, sagte Sophie zum Vollbart und los ging es.

Nach einer Runde mit Sophie sah er Beate am Tresen sitzen, mit herabhängenden Mundwinkeln. Sie griff nach einer Salzstange und knabberte daran. Aber sie würde ihm nicht den Abend verderben. Oskar zog Sophie aus ihrem Blickfeld in eine Nische.

Sophie schaute überrascht. Dann lächelte sie.

Schenkel an Schenkel saßen sie auf einem Samtsofa. Sophie streckte ihre Beine aus, die Schlitze des Kleides entblößten ihre Oberschenkel. Oskar konnte kaum den Blick abwenden und zwang sich, ihr in die Augen zu sehen. Sie war vielleicht fünfzehn Jahre jünger als er. Im Kerzenschein schien ihr Gesicht faltenlos, er hätte sie dauernd küssen mögen.

»Du bist unglaublich schön und tanzt so gut!«

Sie lächelte.

Oskar musterte ihre zarten, langen Finger und die feinen Adern auf dem Rücken ihrer Hand. Seine legte er sanft auf ihre; ihm war, als glühten beide auf, und Sophie lächelte wieder.

»Hier stört uns der Vollbart nicht.« Er zwinkerte ihr zu, nahm ihre Rechte und konnte nicht aufhören, sie zu streicheln. »Und auch der Typ vom letzten Samstag nicht.«

»Du meinst Ulrich.«

»Der dich wie im Schraubstock führt, der Schraubstock.«

»Witzig, Schraubstock.« Sophie lachte wie eine gurrende Taube. »Der will mich nicht loslassen.«

»Vergiss den Schraubstock, du hast Besseres verdient.«

»Du tanzt kreativ, das ist lustig.«

»Wie bist du zum Tanzen gekommen?«

»Ballettunterricht. Später habe ich Standard und Latein gelernt, dann Salsa, aber Tango ist das Absolute.«

»Du bewegst dich wunderbar.« Sein Gesicht näherte sich ihrem. »Es ist ein Genuss, wie sich beim Gancho dein Bein um meins schwingt, und um meine Hüfte.«

Ihr Handy klingelte. Sie drückte den Anruf weg.

»Du bist ja sehr begehrt«, sagte Oskar. »Was ist denn mit dem Schraubstock?«

Sie lachte lauter und überging seine Frage.

Der Vollbart tanzte mit einer Partnerin heran, in ihre Nische, verzögerte die Bewegung, führte sie in eine Solodrehung und nickte Sophie zu. Sie klatschte und lächelte zurück.

Könnte er doch einmal mit Sophie allein sein!

Oskar legte ihre Hand auf seinen Schenkel und seine darauf. »Nach unserem Treffen in der Tangofabrik habe ich von dir geträumt.«

Sie gab ihm einen schnellen Kuss auf den Mund.

Beate nahte und schaute sich suchend um. Sie entdeckte ihn und blieb stehen, offenbar überrascht.

»Ich muss bald gehen. Tanzt du mit mir noch eine Runde?«

»Würde ich gern. Ich mag das, wie wir zusammen tanzen, aber«, Oskar hob entschuldigend die Arme, »im Moment brauche ich eine Pause, wegen der Hitze.«

»Dann nicht!« Ihre Stimme klang klar – und ein bisschen bedauernd.

Sie verschwand zum Ausgang. »Dann nicht«, rauschte es in seinen Ohren, als hätte sie ihn geohrfeigt.

Sophie blinzelte ihm zu. »Du bist gefragt.«

»Das ist der Nachteil, wenn man gut tanzen kann, aber mit dir mache ich am liebsten.«

Loca – Verrückt. Er mochte den schnellen Tango, das Gehetzte, Fiebernde, Schwirrende. Ein besseres Stück hätte der DJ nicht aussuchen können. Ausgelassen, in winzigen Schritten tanzte er mit Sophie, blitzartig, ein Hurrikan. Ihre Augen glitzerten, er spürte das Pochen in ihrer Brust und ihren schnellen Atem in seinem Haar. Sie reagierte sicher, von der ersten Sekunde an, als gehörte sie für immer zu ihm. Wie eine Schleichkatze bewegte er sich Schritt um Schritt und drang erst im letzten Augenblick mit aufreizender Verzögerung in den ihrigen ein, noch rechtzeitig mit der Musik. So schnell und intensiv aufeinander zu reagieren, hatte er nie erlebt. Er konnte süchtig danach werden. Bandoneons wurden gedehnt und gequetscht, Luft rein, Luft raus. Sie füllten Oskars Herz mit der Lust darauf, sein ganzes Leben lang mit ihr zu tanzen.

Katja, allein am Tisch, starrte ihn an. Das hätte ihn beinahe aus dem Takt gebracht.

Wieder auf dem Sofa lehnte sich Sophie an ihn. »Ich fliege zum Tangoworkshop nach Kreta.«

»Bestimmt schön dort.«

»Mitternachts barfuß tanzen in Plakias am Strand mit den Füßen im Meer.«

»Da wäre ich gern dabei. Muss man im Voraus zahlen?«

»Sicher. Und einen Tanzpartner mitbringen. Wäre das nicht auch etwas für dich?«

Er müsste sich etwas leihen. Bestimmt würde ein zweites Wunder geschehen. Er schaute ihr in die Augen. »Und ob! Wir melden uns beide an, wunderbar, wunderbar!«

Am Arm von Ralf winkte Katja ihm im Vorbeigehen zu. »Oskar, mein Lieber, wir wollen noch in die Rote-Insel-Bar. Gehst du mit?«

»Eigentlich gern, aber …« Oskar sah Sophie an. Wenn sie mitgehen würde.

»Ich will nicht stören«, sagte Sophie.

»Ihr könnt gern beide …«

»Heute passt es nicht«, sagte Oskar.

Katja verabschiedete sich.

»Sie ist nett.« Sophie sah ihr nach.

Oskar neigte sich ihr zu. Ihre Augen glänzten, die Wangen gerötet. »Mit dir wäre es fabelhaft auf Kreta.« Sein Gesicht wurde heiß.

Sie nickte.

»Da sind wir unter uns und niemand stört uns.« Er legte den Arm um sie.

»Wir werden zwei Wochen jeden Tag tanzen, von morgens bis abends.«

»Zwei Wochen nur mit dir!« Seine Lippen näherten sich ihren, sie streiften sich und betasteten sich vorsichtig. Sophie fuhr mit ihren Fingern durch seine Locken und schob sie zurück.

Bandoneon und Streichinstrumente läuteten mit dunklen Tönen des Tangos *La Cumparsita – Kleiner*

Straßenumzug das Ende der Milonga ein. Zu der energiereichen Musik und dem staccatohaften Beat fegte er mit Sophie durch den halb leeren Saal bis zum letzten Takt.

Nach dem Umziehen zögerte er. »Trinken wir irgendwo noch etwas?«

Sophie lehnte sich an ihn und schüttelte den Kopf.

»Oder ich begleite dich nach Hause?«

Sie nickte leicht.

Beim Hinausgehen wurde er sogar von Fremden lächelnd verabschiedet – mit vertraulichen, wissenden Blicken.

15

Vom Tanzen durchwärmt, ging er Arm in Arm mit Sophie hinaus und sog den Duft der Lindenblüten ein. Erfrischend, die Kühle.

Hinter der Silhouette der Gründerzeitgiebel und Betonklötze schimmerte die blauviolette Abenddämmerung. Licht floss weiß aus Bogenlampen. Sophie führte ihn zu ihrem Auto, einem Audi in hellem Karamellton und mit dunkelbraunen Ledersitzen. In so etwas hatte er noch nie gesessen.

Ihr Wohnzimmer war mit Möbeln aus Metall und Glas und mit rot-weißen Sesseln eingerichtet, sauber, aufgeräumt; die Kieferdielen glänzten hell. Oskar, die Spaghettiträger ihres Kleides im Blick, wollte Sophie in die Arme nehmen.

Sie trat zurück. »Lust auf einen Wein?«

Wieso lächelte sie ihn so selbstsicher an? Diese dunkelgrünen Augen, von denen er nicht genug bekommen konnte. Ihr Körper zeichnete sich unter dem Kleid ab. Eine Tänzerinnenfigur.

Ihr Handy klingelte. Sie schaute auf die Anzeige und stellte das Gerät aus. Selbst ihre nachlässigste Bewegung wirkte fließend und harmonisch. Sie strahlte Ruhe aus.

»Weißwein?«

Er nickte. Sophie ging in die Küche. Er hörte, wie sie den Kühlschrank öffnete, eine Flasche herausnahm, sie entkorkte und Gläser füllte.

Wo blieb sie so lange? Plötzlich stand sie neben ihm, nackt, die fünfte Dimension, in den Händen die Gläser.

Als wäre sie dorthin gezaubert worden, vollkommen nackt, mit golden schimmernder Haut. Makellos. Für Sophie stimmte das Wort. Ein Wunder, die Frau. Seltsam. Sie kannte ihn doch gar nicht. Sie hatten nur miteinander getanzt.

Oskar streichelte sie über die Schulter und den Oberarm. »Wunderschön!« Er nahm ihr ein Glas ab, schwenkte es und roch daran. Wein trank er selten. Er zog ein paar Tropfen auf seine Zunge. »Angenehm weich, eine erfrischende Säure.« Er hatte nicht die geringste Ahnung.

Sie lächelte nur und stieß mit ihm an.

Er starrte auf ihren Körper, ihre Brust, als sei ihre Nacktheit nicht nackt genug. Sie war erregt, sah er an ihren Brustwarzen. Unvorstellbar, dass irgendein Mann ihr widerstehen konnte.

»Kommst du?« Sophie deutete auf eine offene Tür.

Er sah ihr Bett, darüber ein weißer Baldachin.

Sie griff sein Glas und stellte es auf den Tisch. Aus dunklen Augen blickte sie ihn durchdringend an, nahm seinen Kopf zwischen ihre Hände und küsste ihn auf die Lippen.

»Nun komm!« Sie zog ihn ins Schlafzimmer. Ein weißes Fell lag auf dem Boden.

Oskar zog sein Hemd hoch und – zögerte. Die Nachttischlampe war viel zu hell. Seinen Bauch und die Falten – die konnte er nicht verbergen. Er gab sich einen Ruck. Mit wenigen Handgriffen entledigte er sich seiner Hose, legte sie auf den Stuhl und fingerte in der Gesäßtasche nach einem Kondom.

Sophie küsste ihn erneut, diesmal länger. Er streichelte sie, ihre Schultern, den Rücken, ihre Oberschenkel, ihre weiche, glatte Haut, und zog sie behutsam zu sich. Ihre Körper berührten sich. Es sprühte Funken, so war ihm. Seine Zunge tastete sich vor. Und endlich schlossen sich ihre Augen. Ihre Finger glitten durch sein Haar und tasteten auf seinem Körper nach einem Halt. Seine Hände wanderten zart um sie herum, seine Lippen unermüdlich auf ihrer Haut, als forsche er nach einer Antwort wie im Tanz. Er wollte sie zum Strahlen bringen, damit sie ihn nicht vergaß. Mit der Hand auf ihrem Rücken regte er wie beim Tanz ein Wiegen und Pendeln an. In steigender Anspannung gleich schneller werdenden Valsdrehungen. Sie ließ sich führen und reagierte elastisch und sanft wie eine Katze. Das vierbeinige Fabelwesen mit zwei Köpfen. Ihr Atem ging stoßweise.

Sie lagen still. Erschöpft fühlte er sich wie nach einem hohen Fieber. Er sah den Schweiß auf ihrer Haut. Ihr Gesicht war in seinen Locken vergraben; er biss ihr zärtlich in den Nacken. Sie kicherte, entwand sich seiner Umarmung und knipste das Licht aus. Nochmals fuhr sie ihm zärtlich über die Wange, gab ihm einen Kuss und drehte ihm den Rücken zu.

16

Sonntagmittag. Wieder zu Hause öffnete Oskar sein Fenster weit und streckte sich auf dem Bett aus. Weiße Wolken zogen hoch über den Tiergarten. Birkenduft drang herein. Im Sonnenschein gaukelte ein Pfauenauge hin und her, als wollte es tanzen.

Oskar summte *La Cumparsita*:

Si supieras que aún dentro de mi alma …
Wenn du wüsstest, dass tief in meinem Innern
mein Herz noch schlägt
für dich.
Ja, wenn du doch nur wüsstest,
dass ich dich nicht vergesse
als Schatten deines Gestern
denkst du vielleicht an mich …

Sophies Wärme und Weichheit. Er hatte sie erobert, sie, auf die alle Männer scharf waren. Mit ihr eine Beziehung, das wäre das Größte. Zwei Wochen würde er sie auf Kreta für sich haben. Glückspilz hatte Katja ihn genannt. Noch im Bett sah er sich Plakias auf Google Maps an. Mit Sophie in abgelegenen Buchten an Nacktbadestränden – Sonne, Meer, Tango. Tanzende Paare im Mondschein am Strand. Er googelte den Workshop und blätterte das Programm durch. Fortgeschrittenen-Kurse – genau richtig für ihn. Beste Lehrer aus Buenos Aires und Frankreich.

Nur, wo waren die Preise? Er musste eine separate Datei öffnen. Tausenddreihundert Euro für Unterricht und Unterkunft. Dazu vierhundert für den Flug. Irgendwie würde er das schaffen. Mit hundert Euro meldete er sich an, mit Sophie als seine Tanzpartnerin, Unterkunft unweit vom Strand. Der Rest zahlbar in zehn Tagen.

Er rief Sophie an, erreichte nur die Mailbox. »Danke für die wunderbare Nacht. Ich habe den Workshop auf Kreta gebucht und möchte dich wiedersehen. Morgen Abend?«

Kaum hatte er sich zurück ins Bett gelegt, piepste sein Handy. »Samstag in der Tangofabrik!«

Erst in sechs Tagen – wie sollte er das überstehen?

Das milde Maiwetter war ein Geschenk. »Rikscha-Taxi! Rikscha-Taxi gefällig?« In schwarzer Weste und rotem Hemd mit Hut – professionell wie niemand sonst – fuhr Oskar so viel wie möglich, euphorisch, wie er war. Weder unhöfliche Provinzler, die von Berlin nichts wussten, noch Anzugträger, die kein Trinkgeld gaben, konnten seine Hochstimmung trüben. Auch wenn gerufen wurde: »Wir laufen lieber!«, blieb er höflich. Für einen Moment dachte er, es blubbere aus einem Reifen, aber es war sein Magen. Er aß sein Brot und das Obst und bekam Fahrt um Fahrt.

Ein Glückskind.

Aber bis nächste Woche würde er die neunhundert Euro für Kreta nicht zusammenbekommen. Selbst mit der Royal-Rikscha nicht. Unmöglich.

Sein Handy vibrierte. Theo.

»Im Fernsehen lief ein Bericht über das Berliner Nachtleben. Wir kommen!« Theos Stimme klang hell vor Begeisterung. »Die Reise ist ein Geschenk für Konstantin. Ich habe für Samstag einen Flug nach Schönefeld gebucht. Das wird großartig. Ich freue mich auf dich!«

Erschrocken schwieg Oskar. Samstag? Unmöglich, da war sein Date.

»Ich muss den ganzen Samstag arbeiten.«

Es entstand eine Pause.

»Es wäre schön, wenn wir uns wiedersehen.« Theo räusperte sich.

»Es, es wäre toll, aber ich kann die Rikscha nicht stillstehen lassen.«

»Dann hast du schon zwei Kunden. Wir sind um zwei mit der S-Bahn am Hauptbahnhof.«

»Du, ich will zu einem Tanzevent nach Kreta und muss das Geld bis Mitte nächster Woche überweisen.«

»Oskar, wir stören dich nicht. Wir könnten ausführlich über deine Pläne reden.«

Konnte er nochmals auf Geld hoffen? »Dann kommt einfach. Ich hole euch ab.« Oskar empfahl Theo ein Hotel zwischen dem Schuppen und seiner Wohnung. Dann musste er sie nur eine kurze Strecke kutschieren.

17

Am Samstag um zwei Uhr parkte Oskar seine Rikscha vor dem Hauptbahnhof und wartete am Eingangsportal. Er würde Theo und Konstantin in ihr Hotel fahren, einen Kaffee trinken, sich zu Hause duschen, umziehen und könnte ab sieben in der Tangofabrik sein.

Theo lief mit geöffneten Armen auf ihn zu.

Oskar drückte ihn und Konstantin. »Kommt, drüben steht meine Rikscha, steigt ein!«

»Warte!« Theo stellte seine Reisetasche ab, öffnete den Reißverschluss, zog eine alte Schallplatte heraus und reichte sie Oskar. »Für dich! Aus einem Karton vom Dachboden. Ich habe aufgeräumt und Sachen deines Vaters gefunden.«

Oskar ging vor zu seinem Gefährt und betrachtete währenddessen das Cover. *Kalinka!* Tanzende Frauen in roten Röcken und ebenso roten Stiefeln, Männer in weiten, blauen Leinenhemden. »Kalinka, kalinka, kalinka moja. Ach! Krasawiza, duscha-dewiza, Poljubi she ty menja!«, sang er und übersetzte: »Ach! Schönes Mädchen, liebes Mädchen, hab mich doch lieb.« Vater hatte dabei immer Tränen in den Augen gehabt.

Theo lächelte und nickte. »Ich dachte mir, dass du die Platte möchtest.«

»Polka, Samowar und Birken – das war Vaters Heimat. Davon hat er oft geredet, bevor er krank wurde.«

»Mutter sprach viel von Ostpreußen. Und du«, fragte Theo. »Ist Berlin jetzt deine Heimat?«

Oskar zuckte mit den Achseln. »Vielleicht ist Tango meine Heimat. Jetzt aber los! Bitte, meine Royal-Rikscha. Steigt ein! Ich bringe euch zum Hotel.«

Konstantin zeigte auf das Plakat mit dem Tanzpaar. »Tanzen die Tango?«

Oskar nickte. »Werbung für die Tangosuite.«

»Was bekommt man dafür?«

»Freien Eintritt.«

»Raffiniert!« Theo kuschelte sich auf der Rückbank in ein Kissen. »Und jetzt die Stadtrundfahrt?«

Oskar verstaute die Schallplatte unter der Sitzbank. »Ihr wollt doch ins Hotel, was essen, euch ausruhen?«

»Wir haben ausgiebig auf dem Flughafen in Münster gefrühstückt.«

»Und im Flugzeug einen Prosecco auf dich getrunken.« Konstantin lehnte sich an Theo und legte die Hand auf seinen Schenkel.

Theo nahm ihn in den Arm. »Wir haben den ganzen Tag Zeit.«

»Ich bin für nachher verabredet – ihr wisst doch – als ich bei euch war. Da hat Beate angerufen, ich kann sie nicht versetzen.«

Das saß. Theo nickte schuldbewusst. Konstantin sah zwischen beiden hin und her.

»Kannst du uns nicht jetzt ein bisschen die Stadt zeigen?«

Oskar zögerte. »Okay! Etwas auf dem Weg zum Hotel. Was wollt ihr denn sehen?«

»Wir lassen uns überraschen.«

Oskar stieg auf und fuhr zügig am Bundestag und dem Brandenburger Tor vorbei. Am Sowjetischen Ehrenmal bremste er und deutete auf den Rotarmisten mit dem Gewehr, flankiert von zwei Panzern. »Mein Vater hat Berlin mitbefreit.«

»Nikita bedeutet Sieger«, sagte Theo.

Oskar lachte. »Ja, und ich fahre Rikscha, wo er Panzer fuhr.«

Er trat weiter und deutete in Richtung Siegessäule am Großen Stern. »Dort treffen sich Schwule schon seit Langem. Interessiert euch das?«

»Unbedingt!«

»Der puritanisch verklemmte König Wilhelm I hat jede Menge Kriege gewonnen und zum Protzen diesen Phallus bauen lassen.«

Konstantin pfiff anzüglich.

Oskar nickte. »Was er nicht ahnte: Sein Sohn Friedrich der Große, der war schwul.«

Sie lachten. Wie ein erfahrener Stadtführer erzählte Oskar beim Trampeln. »Als Prinz versuchte der, mit seinem Lover durchzubrennen. Sein Vater wollte die beiden hinrichten lassen, hat sich aber noch etwas Schlimmeres ausgedacht. Er ließ den Liebhaber vor den Augen des jungen Fritz köpfen. Der Alte würde sich im Grab umdrehen, wenn er wüsste, dass seine Protzsäule jetzt ein Schwulentreff ist.«

»Väter können ganz schöne Schweinehunde sein«, sagte Theo. »Heute wird man zum Glück nur ignoriert.«

Konstantin gab Theo einen Kuss.

Die beiden saßen hinten eng umschlungen. Oskar hatte seit zehn Jahren keine feste Beziehung mehr. Das würde mit Sophie anders werden.

Konstantin blickte zu Oskar. »In Berlin soll es offen schwule Stadtteile geben. Kennst du dich in Schöneberg aus, im Viertel um die Motz- und Fuggerstraße?«

Oskar sah auf die Uhr. Es war schon nach drei.

»Das hätte ich euch gern gezeigt, aber wie gesagt, ich kann nicht länger.«

Theo und Konstantin schwiegen.

»Definitiv nicht.« Das war klargestellt.

Die Rikscha rollte durch den Tiergarten über den Großen Weg entlang des Wassers. Oskar dachte an Sophie und summte leise. Zwischen hoch aufragenden, dunklen Büschen leuchteten grauweiße Birkenstämme hell hervor, als blinkten sie ihm zu. Aus seinem Summen verfiel er ins Singen. »Kalinka, kalinka, kalinka moja …« Dann sagte er: »Birken-Landschaften liebte mein Vater.«

»Das ist so schön hier. Machen wir mal ein Foto?« Theo wies auf die Rhododendronbüsche.

Auch das noch!

»Guckt mal!«, sagte Theo. »Manche Knospen sind noch zu, manche voll aufgeblüht. Im dunklen Violett über ein sattes Pink bis zu einem zarten Rosé; nur die weißen verblühen schon.«

Von Theos Sensibilität konnte er sich was abgucken, Sophie würde das gefallen. »Okay. Steigt aus!« Oskar hielt an, obwohl er es eilig hatte, und bat eine Spaziergängerin, sie zu fotografieren.

»Moment!« Theo zog ihn und Konstantin vor die Rikscha. Sie lächelten zu dritt Arm in Arm in die Kamera. Dann zeigte Konstantin auf das Plakat. »Oskar, hast du heute Abend auch so eine tolle Braut!«

»Und ob! Das wird eine ganz große Sache. Ich treffe eine scharfe Tänzerin, mit der fliege ich nach Kreta.«

Theo schaute ihn nachdenklich an. »Bedeutet dir Kreta so viel?«

»Und ob! Dazu muss ich trainieren.«

»Mit Beate?«

»Nein, mit Sophie.«

»Aber du sagtest, du bist mit Beate verabredet. Wer ist Sophie?«, fragte Konstantin.

»Sophie ist wirklich wichtig.«

»Du bist ja einer, Oskar!«, sagte Theo.

Konstantin lachte. »Du bist also heute mit zwei Frauen verabredet.«

»Das ist mein Bruder!«, sagte Theo.

»Sophie ist meine große Liebe«, rief Oskar, fühlte sich aber unbehaglich bei dem Gedanken, wie Beate in der Tangofabrik reagieren würde.

»Große Liebe? Da gehen wir mit.« Konstantins Augen blitzten auf. Er legte die Hand um Theos Schulter. »Wir stören nicht, garantiert nicht.«

Sophie im Arm und neben sich seinen kleinen Bruder? Nein! »Aber Tango könnt ihr doch gar nicht.«

»Wir drängen uns nicht auf«, sagte Theo. »Wir setzen uns nach hinten in eine Ecke. Der Sekt geht auf mich und …«

»… wir gucken zu, was dir so Spaß macht«, warf Konstantin ein. »Und du zeigst uns ein paar Schritte. Falls du mal Zeit hast zwischen deinen Frauen. Oder noch besser gleich.«

»Nein, nein! Ich fahre euch jetzt zum Hotel. Steigt ein! Ich muss duschen, mich umziehen, essen.«

»Wir laden dich zum Essen ein!«

Oskar atmete tief durch »Das wird mir zu knapp. Ich hole euch halb sieben ab. Wir nehmen die S-Bahn.«

18

Wieder im schönsten Oberhemd, dem dunkelroten, mit vielen kleinen Fahrrädern gemustert, betrat Oskar pünktlich die Tangofabrik, zwei verliebte Männer im Schlepptau. Dann waren sie eben dabei. Geheimnisvoller konnte eine Entourage kaum sein. Sophie würde Augen machen.

Theo wies auf einen kleinen Tisch abseits, in der Ecke. »Wir machen uns unsichtbar.«

»Nein, warum denn! Kommt mit nach oben.« Oskar ging vor zu einem freien Tisch auf einem erhöhten Plateau. Von dem aus würde ihn Sophie leicht sehen können.

»Da schaut!« Er deutete auf Katja an der Theke, die von Weitem grüßte. Er winkte zurück. »Katja ist eine Freundin von mir. Sie sucht jemanden zum Tanzen.«

»Ich lade euch ein.« Theo bat den Barkeeper um eine Flasche Sekt.

Katja schmiegte sich hingebungsvoll in Ralfs Arm.

»Was für eine Art von Freundin ist sie für dich?«, fragte Konstantin.

»Öfter mal verliebt. Wir kennen uns schon lange.«

»Der Tänzer ist aber gut gekleidet«, sagte Theo.

»Ach der, ja, Ralf ist ein Freund von mir.«

Theo goss den Sekt ein. Sie prosteten sich zu.

Beate erschien im Eingang. »Da ist Beate!« Oskar stellte sein Glas ab und stand auf. »Mit ihr tanze ich jetzt.«

»Du wolltest mit Sophie üben«, sagte Theo. »Oder kommt sie nicht?«

Oskar lachte. »Sie kommt schon noch.«

Er ging auf Beate zu, strahlte sie an und umarmte sie. »Die hellblaue Bluse passt zu meinen blauen Augen, du Schönheit.«

»Ach, du wieder!« Beate lachte. »Deine Augen passen zu meiner Bluse.«

»Darf ich dich zum Sekt einladen und dich mit meinem Bruder und seinem Freund bekannt machen?« Er zeigte auf Theo, der Konstantin verliebt ansah und ihm über den Arm streichelte.

»Gern! Sind sie ein Paar?« Ihre Überraschung überspielte sie gut.

Er bejahte und stellte sie den beiden vor.

»Ihr seht euch kaum ähnlich. Dein Bruder hat viel dunklere Haare als du und braune Augen.«

»Wir sind Halbbrüder«, sagte Theo. »Mein Vater ist aus dem Schwarzwald und Oskars stammt aus St. Petersburg.«

Oskar goss allen ein und stieß an. »Zur Feier des Tages – auf Theo und Konstantin!«

»Es gibt noch einen Grund anzustoßen«, sagte Theo. »Eine Überraschung, im Juli.«

»Den achtzehnten Geburtstag von Iris?«

»Unser Fünfjähriges! Ende Juli. Vielleicht besuchst du uns.«

Oskar griff zum Sektglas. »Gern!«

Beate blickte ihn an. »Wer ist Iris?«

»Meine Tochter. Sie ist bei ihrer Mutter geblieben.«

»Du bist voller Überraschungen.«

»Nicht wahr?« Oskar blickte zum Eingang. Ralf traf mit Katja im Arm am Tisch ein, verbeugte sich zum Dank vor ihr und tippte an seine gedachte Hutkrempe. Er roch nach Pfefferminz. Oskar schlug er kumpelhaft auf die Schulter. »Na, alter Schlawiner, feierst du mal wieder?«

»Na klar. Auf die Liebe, Prost!«

»Alkohol verträgst du nicht!«, flüsterte Katja ihm ins Ohr.

»Ein Glas schon.« Er überging ihren vorwurfsvollen Blick. Hätte er ihr doch nie vom Suff nach der Scheidung erzählt.

Beate wandte sich an Theo und Konstantin. »Tanzt ihr Tango?«

Konstantin neigte sich zu ihr. »Leider nicht. Wo denn auch?« Er wies auf ein Männerpaar in eng anliegenden, glänzenden Hosen und T-Shirts. Sie drehten sich eng umschlungen, wirbelten umeinander, verhakelten die Beine und lösten sich wieder. »In unserer Siedlung kann man davon nur träumen. Wir müssten von Hiltrup nach Münster reinfahren; selbst da gibt es kaum Möglichkeiten. Ist Tango schwer zu lernen?«

»Ein paar Schritte bringe ich euch gern bei.« Beate nahm bcidc an die Hand und zog sie in die Ecke der Tanzfläche. Zu dem heiteren, verspielten *A Media Luz – Im Zwielicht* führte Beate sie – links und rechts im Arm – in ein einfaches Gehen, vor und zurück. Oskar sah ihnen zu, wie sie mit Theo die acht Grundschritte tanzte, danach mit Konstantin, der sich immer wieder verhedderte. Sie lachte und lief mit ihm im Arm die Sequenz mehrfach. Ihm schien es zu gefallen. Seine Absätze klackerten laut über den Boden. Oskar schmunzelte. Es brauchte lange, bis man lernte, wie eine Katze zu schleichen.

Ralf zog ein Stofftaschentuch aus der Gesäßtasche, wischte sich den Schweiß von der Stirn. »Du hast ja eine nette Gesellschaft um dich.«

Oskar hatte es nicht nötig, seinen Bruder und Konstantin zu verteidigen, nicht gegenüber Ralf. Er musterte ihn und betrachtete den neuen Anzug, einen dunklen Zweireiher, und die schwarz-weißen Edelschleicher. »Schwitzt du nicht im Jackett?«

Ralf zog eine würdige Miene. »Auch das Äußere muss zum Tango passen.«

»Deshalb trägst du so schicke, neue Treter?«

»Ich habe diverse Paar italienischer Schuhe zur Auswahl, je nach Stimmung. Wenn man den Tanz ernst nimmt, müssen auch die Schuhe perfekt sein.«

Oskar mochte nicht, wie pathetisch Ralf das sagte. »Das ist nicht das Wichtigste auf der Welt.«

»Darf ich dir mal etwas sagen?«, ergänzte Ralf. »Du könntest auch ein neues Hemd und bessere Schuhe gebrauchen.«

Mit großer Geste legte Oskar eine Hand auf sein Herz. »Beim Tango zählen Können – und Charme. Alter, Geld, Herkunft sind zum Glück egal.« Dann deutete er auf seine Schuhe. »Mit meinen tanze ich, als hätte ich Flügel.«

»Schöne Frauen wissen ein gutes Outfit sehr wohl zu schätzen.«

»Ach ja? Aber ich werde sogar mit Sophie auf Kreta tanzen.«

»Mit Sophie, echt?« Ralf dehnte den Ton lang und blinzelte ihn an. »Wieso nicht Beate.«

»Die mag ich auch. Aber Sophie ist eine andere Dimension.«

Ralfs Linke wischte etwas beiseite, eine nachlässige Geste. »Schon gebucht?«

»Ein Zimmer mit Klimaanlage, nahe der Tanzfläche. Zum Strand fünfzig Meter. Die besten Tanzlehrer sind da.«

»Viel Glück!« Ralf verlangte zwei Mojito Royal, schob ihm einen zu. »Dafür lade ich dich ein.« Sie stießen an.

Dann forderte Ralf Katja zur nächsten Runde auf.

19

Beate kam mit Theo und Konstantin zurück. »Die beiden sind nett«, sagte sie zu Oskar. »Magst du?« Sie deutete auf das Parkett. Er nickte, pustete eine Haarlocke hoch und ging mit ihr.

Beate lehnte ihre Stirn gegen seine, hielt sich würdevoll aufrecht – mit dem nötigen Gegendruck des Oberkörpers – senkte die Lider und folgte gemächlich seinen Bewegungen. Ihre Umarmung war nicht fest, mal enger, mal weiter, und auf Abstand. Ihr ständiges Distanzhalten nervte, aber er hatte eine Idee. Wenn sie enges Tanzen mied, konnte er Solo-Drehungen anregen.

Sie gab ein anerkennendes »Oooh!« von sich, nahm den Impuls gemächlich auf und drückte seine Linke. Sie strahlte ihn an und war ihm dankbar, das zeigte sie bei jedem Schritt.

En el Salòn dejé mi corazón – Im Salon ließ ich mein Herz, sang eine männliche Stimme weich und romantisch. Der kräftige Rhythmus trieb Oskar an. Er tanzte dynamischer und umfasste Beate fester; sie lachte auf. Er genoss die innige Nähe und mochte sie nicht aus seinen Armen entlassen, als das Lied verklang. Eine zweite und dritte Runde drehte er mit ihr, auch wenn sich das schwebende Empfinden wie bei Sophie nicht einstellte. Zur Pause bedankte Beate sich mit einem Wangenkuss.

Er sah sich um. Theo und Konstantin winkten. Mit Beate an der Hand ging er zu ihnen.

»Ihr beide habt toll getanzt«, sagte Theo. »Daran kann man sich gar nicht sattsehen.«

Beate schmunzelte und setzte sich.

Konstantin reichte Oskar die Hand. »Versuchen wir es mal?«

Noch nie hatte er mit einem Mann getanzt; schon gar nicht eng, wie im Tango üblich. Ralf grinste ihn von der Seite an. Oskar ergriff Konstantins Rechte. Wenn Sophie das sähe, würde es sie umhauen. Oskar hielt Abstand und lenkte Konstantin in einfache Schritte. Er ließ sich gut führen, reagierte geschickt und impulsiv, es machte Spaß. Oskar umfasste Konstantin enger. Brust an Brust gelangen selbst gekurvte Schritte. Er spürte Konstantins Wärme und wusste nicht, ob er das erotisch finden sollte.

»Wann kommt Sophie denn?«, fragte Konstantin.

»Gedulde dich.«

Zurück am Tisch, sagte Theo lachend: »Das hat umwerfend ausgesehen, aber Konstantin gehört zu mir!«

Oskar schlug ihm auf die Schulter. »Ich nehme ihn dir nicht weg.«

Zur Tangopause leerte sich das Parkett. Rumba wurde gespielt. »Zum Rumbarhythmus können wir auch Polka tanzen.« Oskar hakte sich bei Theo und Konstantin ein und tanzte mit ihnen den Polka-Hüpfschritt hin und her und die Drehung. So, wie sein Vater ihn früher herumgewirbelt hatte. Beate reihte sich ein. Bald waren sie von Zuschauern umringt.

Neben Ralf stand plötzlich Sophie. Sie trug ein Seidenkleid, schulterfrei mit kaum sichtbaren schmalen Trägern und großzügigem Dekolleté – eine aufgehende Sonne.

Oskar reihte sich aus und schritt betont langsam und aufrecht auf sie zu. Während die anderen noch tanzten, folgte er dem Sog der dunkelgrünen Augen, mandelförmig geschminkt mit einer sauberen, schwarzen Linie. Sie löste sich von Ralf und tänzelte mit federnden Schritten auf ihn zu, in goldfarbenen Stilettos mit dünnen Riemchen, vorne offen. Die unteren Ränder ihrer ebenso goldfarbenen Kreolen berührten ihre nackten Schultern.

Sophie genoss sichtlich das Aufsehen, legte die Linke um seinen Nacken und küsste ihn vor aller Augen auf den Mund. Sein Herz hämmerte.

Er war der Tanzkönig.

Zu *Santa Maria Del Buen Ayre – Santa Maria von Buenos Aires* legte er seine Rechte um sie und ging betont schwungvoll los. Sie duftete frisch und glitt mit geschlossenen Augen wie selbstverständlich dahin. Erotisch, der weibliche Gesang im Duett mit dem männlichen. Ihr Bein glitt an seinem Schenkel entlang. Ihre Hand auf seinem Rücken, den Arm um seinen Nacken und ihr schwarzes Haar an seinen Lippen – atemberaubend, seine fünfte Dimension!

Sie tanzten die folgende schnelle Milonga mit dem Viervierteltakt. Rhythmischer und sportlicher, als er es je mit Beate gekonnt hätte – mit tausend Volt. Ihr perfektes Bein, verlängert in hohen Absätzen, strich sanft über das Parkett und landete punktgenau auf die Musik. Oskar sah es im Spiegel und spürte das warme Pulsieren ihres Herzens an seiner Brust. In seinem Bauch kribbelte es. Selbst wenn er den Rhythmus leicht variierte, die Schritte beschleunigte oder verzögerte, bewegten sie sich synchron und harmonisch, als hätten sie schon jahrelang miteinander geübt. Es war ein Traum, sich mit ihr bei sehnsuchtsvoller Musik auf dem knarrenden Parkett zu drehen, inmitten sich wiegender Paare, die bewundernd schauten.

Nur Beate blickte nicht auf. Sie übte am Rand der Tanzfläche mit Konstantin Schritte. Gemeinsam schwangen die beiden die Arme und lachten.

Oskar tanzte Runde um Runde mit Sophie. Erst gegen elf Uhr stoppte er an Theos Tisch. Auch Beate verließ mit Konstantin das Parkett. Oskar hatte sie ganz vergessen.

»Es war ein schöner Abend mit euch«, sagte Beate. »Leider habe ich morgen früh Apotheken-Notdienst.« Sie drückte Konstantin und winkte Theo zu.

»Oh, schade!«, sagte Konstantin.

Oskar winkte auch, aber sie ging, ohne zu reagieren, zum Ausgang.

Er wandte sich an Sophie und deutete auf Theo und Konstantin. »Ich habe dir meinen Bruder und seinen Freund noch gar nicht vorgestellt.«

»Hallo!« Sie nickte beiden freundlich zu und lächelte Oskar an. »Diese Musik ist schön abwechslungsreich. Wollen wir?«

Zum Vals *Brindo Por Tu Cumpleaños – Ich stoße auf deinen Geburtstag an* tanzten sie unermüdlich von einer Ecke zur anderen. Ja, heute feierte er und, ohne innezuhalten, drängte es ihn vorwärts. Auf nach Kreta!

Voy a levantar mi copa para gritar
Para gritar que te quiero…
Ich hebe mein Glas, um zu schreien
Zu schreien, dass ich dich liebe…

Er wusste nicht mehr, von wem der Schweiß war, der über ihre Gesichter rann, wo der eine Körper aufhörte und der andere begann. Bei hoch schwingenden Geigenklängen des *Solino Waltz* drehten sie sich fließend in inniger und zärtlicher Verbindung umeinander. Sein Herz tanzte mit, lauter und schneller. Es raste vor Glück, vor Überschwang, dass ihm schwindlig wurde.

Er wischte sich die Stirn. »Gönnen wir uns draußen eine Pause?« Dort würden sie sich küssen, ganz sicher.

»Verschwitzt gehe ich ungern raus.«

Ein Mann mit schwarzem Hut tippte auf Sophies Schulter.

»Hallo Udo!«, begrüßte sie ihn und umarmte ihn. Er forderte sie auf, schon vor dem Einsatz der Musik.

»Vielleicht später«, sagte sie zu Oskar und ließ sich von dem Mann mitziehen.

Ihr rotes Kleid flog an Oskar vorbei.

Ungläubig sah er ihr nach, Ralfs warnende Stimme im Ohr. Schöne Frauen hast du nie allein.

Am Tresen goss Oskar sich Gratiswasser ein und setzte sich zu Konstantin und Theo. Jetzt würde er ihn wegen des Geldes fragen.

»Sieht Sophie nicht toll aus?«, begann er.

»Wie eine Diva! Aber bist du auch Sophies große Liebe?«

»Sophie ist die schärfste Braut unter der Sonne«, sagte Oskar. »Wir fliegen zusammen …« Er stockte, denn Katja und Ralf kamen an den Tisch.

»Ist sie dir wieder davongeflogen?« Katja schmunzelte. »Prima, der Tangokönig ist frei für eine Runde!« Sie schob ihm eine Locke zurück und strich über seinen Haarschopf.

Oskar nahm ihre Hand und führte sie auf das Parkett. Zunächst flohen ihre Hüften vor seinen; im nächsten Augenblick schmiegte sie sich hingebungsvoll mit ihren Rundungen an ihn. Ihr Parfüm duftete nach Orangenblüten und Honig.

Ralf stand allein an der Eingangstür. Er musterte das Publikum – offenbar auf der Suche nach einer Kandidatin.

»Jetzt hat der Anzug keine Chance auf dich«, sagte Oskar. Katja lachte.

El Choclo – Der Maiskolben wurde erregt und grob angespielt, nicht weich wie sonst. Sogar die Geigen spielten staccato. Oskar liebte das Spiel mit Katja zu der komplizierten, energiereichen Musik. Die war ihm lieber als eine lahme Schnulze.

Sophie ging eng an eng mit dem schwarzen Hut zur Theke. Sie sprachen. Oskar drehte sich, ging rückwärts und führte Katja in Vorwärtsschritte. So konnte er die beiden beobachten. Immer wieder blickte er hin. In der Tanzpause gesellte sich auch Ralf dazu und umarmte den schwarzen Hut.

Sie umschleichen Sophie wie Wölfe und er, dachte er in Panik, hatte noch nicht einmal das nötige Geld für Kreta zusammen. Er blieb mit Katja am Rand des Parketts stehen, hielt sie im Arm und schaute in ihre Augen. »Leihst du mir noch mal was, für den Workshop? Du könntest mich glücklich machen.«

»Eigentlich nein. Du schuldest mir noch dreihundert.« Sie zögerte. „Und du fängst wieder mit dem Trinken an!«

»Nur ein Glas, wegen meines Bruders.«

»Wie viel brauchst du denn?«

»Neunhundert.«

Katja drehte sich weg.

»Ein Teil würde auch helfen. Mit der Royal habe ich es im Nu wieder rein. Aber ich brauche es jetzt!«

»Ich gebe dir zweihundert, geschenkt! Weil du so süß bist. Und du versprichst, heute keinen Alkohol mehr zu trinken.«

»Kein Problem.«

Katja entnahm ihrem Portemonnaie das Geld und reichte es ihm. »Wenn du mal wieder zu was kommst, schenkst du es mir zurück.«

»Natürlich. Danke!« Er steckte es ein und sah zum Tresen. Ralf tuschelte nun mit Sophie. Sie strahlte und nickte; die Kreolen an ihren Ohrläppchen tanzten auf und nieder. Ralf legte den Arm um ihre bloße Schulter und führte sie schwungvoll zur Tanzfläche, zu dem unbändig wilden *El Huracán*. Sein stolzes Lächeln sprengte fast das Jackett.

Eine Hand tippte an seine Schulter. Theo stand hinter ihm. »Oskar, ich möchte gern mit dir reden.« Er zog ihn mit sich, weg von Katja.

»Jetzt? Worüber?«

»Sie hat dir Geld geben müssen, nicht wahr?«

»Nein!« Oskar spürte das Blut in den Wangen. Plötzlich kam er sich vor wie ein Gigolo.

»Du musst keine Frauen anpumpen. Wenn ich dir für Kreta helfen kann, dann …«

»Ich krieg das schon hin.« Oskar wehrte mit beiden Händen ab.

»Wir haben gesehen, wie du mit Sophie tanzt. Unglaublich schön! Konstantin und ich haben uns beraten. Wir geben dir das Geld für die Reise. Ich überweise es dir. Nächste Woche kommen Aufträge rein.«

»Auf keinen Fall. Das ist nicht nötig.«

»Wir sind eine Familie!«

»Okay, du kriegst es in vier Wochen zurück.«

Theo nickte und orderte Sekt.

»Für mich Wasser! Kalinka, kalinka, kalinka moja«, sang Oskar und stieß mit ihm an. Er sah Ralf mit Sophie im Arm auf sie einreden. Oskar lächelte nachsichtig. Der Anzug mühte sich umsonst. Sophie war vergeben. Oskar hatte sein Geld zusammen und musste sich keine Sorgen mehr machen.

Es war weit nach Mitternacht. Einige Paare eilten schon zu ihren Schuhbeuteln. Er bot Sophie den Arm und betrat mit ihr die halb leere Tanzfläche.

»Diese Tanda – ein Bonbon: *Uno busca lleno de esperanzas – Man sucht voller Hoffnung*«, verkündete der DJ, als hätte er damit auf Oskar gezielt, aber er hatte sein Glück schon gefunden. Zu der leichten Musik und dem Gesang von unbekümmerter Liebe glitt er mit seiner fünften Dimension mühelos mit ausladenden Schritten über das Parkett. Er hob die Füße gleich wieder, als würde es brennen. Wie sollte ihm da nicht der Boden unter den Füßen brennen, wo er sein Glück in den Händen hielt? Er täuschte Schritte an, lockte Sophie und entzog sich. Sie folgte ihm wie eine Katze und dann doch wieder nicht. *Milonga del Sentimiento – Milonga des Gefühls*. Diese Dynamik zwischen Staccato- und Legatophrasen, wenn das Klavier mal leise perlend plätscherte, mal wuchtig grölte, bis hin zu explodierenden Staccati. Begleitet von zwei Bandoneons in energiegeladener, wilder Dynamik. Sie trieben ihn, und Sophies Füße trommelten im schnellen Rhythmus auf den Boden. Ein fiebriger Tango. Ihr Seidenkleid flatterte wie ein Schmetterling. Unfassbar, was ihm mit ihr gelang. Ein brennendes Gefühl kribbelte seine Wirbelsäule hinauf, stieg hoch zu seinem Kopf. Er war neu belebt, mit Sophie verschmolzen. Ein animalisches Ineinanderfließen. Das Fabeltier entstand aufs Neue und schwebte in den Weiten des Ozeans. In rotem Licht, von Spiegeln reflektiert.

Sie tanzten den letzten Tango *El Amanecer – Die Morgendämmerung*. Der schnelle Beat mit dem sprudelnden Rhythmus klang, als wichen die Gespenster der Nacht allmählich zurück, als begännen die Vögel zu singen und als ginge mit dem stärker werdenden Basston die Sonne auf. Zum Schluss hielt Oskar inne.

Sophie drückte ihn und küsste ihn auf die Wange. »Unglaublich schön!«

Ihre Schenkel bebten an seinen. Ein kleiner glitzernder Rinnsal Schweiß lief ihr seitlich von der Schläfe und sickerte auf ihre entblößte Schulter; er verwischte ihn zärtlich.

»Du machst mich glücklich, mi corazón!« Oskar küsste sie zurück. »Ich freue mich so sehr auf Kreta.«

Sophie lehnte sich zurück. »Wie schön. So wie ich. Ralf ist auch interessiert.«

»Es nehmen wohl ein Dutzend Paare teil.«

»Udo fliegt auch hin, mit seiner Partnerin. Und Ralf hat ebenfalls schon gebucht.« Sie lächelte. »Wir beide können ja im Sommer weiter tanzen.«

»Na klar, immer.«

Sie strich ihre langen Haare glatt. »Ich möchte auf Kreta mit Ralf tanzen.«

»Warum auch nicht. Natürlich werden wir im Workshop auch mal wechseln.«

»Ich habe Ralf als meinen Tanzpartner angegeben.« Eine Pause entstand.

»Du wirst später mit ihm einen Workshop machen.«

»Ich fliege mit Ralf.«

»Was? Du willst nicht mehr mit mir?«

»Tut mir leid.«

»Du hast mir Kreta versprochen, mir!« Seine Lippen zitterten.

»Er hat die Reise für mich bezahlt.«

»Wie bitte?«

»Als Dankeschön, weil er mich schon drei Monate kennt, hat er gesagt.«

»Weil er dich drei Monate kennt? Das ist nicht dein, dein Ernst.«

Sie nickte und schaute weg, zur Tanzfläche. Hatte sie wenigstens ein schlechtes Gewissen?

Oskars Stimme versagte, als würde er ersticken. Nur nicht ins Stottern verfallen. Er streichelte ihr über den Arm und rang nach Worten. »Wir sind uns doch so – so nah.« Mist, er sollte nicht betteln.

»Beim Tango erlebe ich oft ein Gefühl von Nähe.« Sophies Lächeln wurde rätselhaft. »Besonders, wenn man sich noch fremd ist.«

Seine Arme schlenkerten hin und her. »Ich kann dich selbstverständlich auch einladen.«

»Beruhige dich! So schön, wie du tanzt, findest du leicht Ersatz. Ich habe Ralf definitiv zugesagt.«

»Zugesagt – zugesagt. Ich verstehe nicht«, rief er, zu laut. »Für dich gibt es keinen Ersatz. Und das Angezahlte wäre verloren.«

»Du kannst mich nicht kaufen.« Sie fixierte ihn mit den dunkelgrünen Augen. »Pass auf, was du sagst.«

»Aber ein Ralf, der kann das!«

Andere hatten sich ihnen zugewandt und schauten her. Auch Theo und Konstantin an ihrem Tisch; sie waren aufgestanden.

Beherrschter fragte Oskar: »Warum Ralf?«

Sie lächelte ihn an. Ihre Stimme nahe seinem Ohr klang gedämpft. »Was bildest du dir ein? Denkst du, ich müsse mir dir fliegen, nur wegen deiner blonden Locken?«

22

Oskar verzog sich so lässig wie möglich zur Bar, soweit er mit zitternden Knien lässig gehen konnte, verlangte ein großes Glas Rotwein und leerte es in wenigen Schlucken. *Humillación – Erniedrigung* jaulte ihm aus den Lautsprechern in die Ohren. Wollte ihn die Musik auch noch quälen?

Odio este amor, que me …, klagte der Sänger.
Ich hasse die Liebe, die mich zum Spielball deiner Launen erniedrigt hat.

Oskar ließ sich das Glas wieder füllen. Scheiß Tango. Die letzten keuchenden Paare stampften hinter ihm. Sie konnten ihm gestohlen bleiben – Bäuche unter schweißnassen Hemden, überquellende Dekolletés, laszive Ärsche und Sophie in Ralfs Armen.

Nach jedem Schluck sank sein Kopf tiefer. Unfassbar, ausgerechnet Sophie! Ihr schmales Gesicht verschwamm mit dem seiner Mutter. Auch sie hatte ihn ausgespuckt und mit dem jüngeren Bruder verraten.

Me Tango Triste – Mein trister Tango schepperte gegen seinen Schädel:

Se degarró la luz …
Das Licht verging
und meine Stimme starb
an jenem Abend ohne Worte
als ich dein Herz abwesend traf.

Die heruntergebrannte Kerze vor ihm flackerte auf
und erlosch. Das Bandoneon schluchzte.

Nenn nicht immer ihren Namen,
spürst du nicht,
dass mein Herz vergessen will.

Theo tippte an seine Schulter. »Was ist los?«

»Nichts, gar nichts.« Oskar lachte bitter. »Sophie
hat mir abgesagt.«

»Solchen Frauen gegenüber ist ein Mann machtlos.
Lass sie laufen, sie macht dich sonst verrückt.«

»Was weißt du schon von Frauen.« Oskar trank.
»Lass mich in Ruhe!«

Theo trat einen Schritt zurück, schaute ihn fest an.
»Mensch, du trinkst wieder.«

»Ich werde mir noch einen Wein genehmigen
dürfen.«

Katja legte die Hand auf Theos Schulter, schob
ihn ein Stück zur Seite. »Lass mal, ich passe auf ihn
auf.« Dann umfasste sie Oskar von hinten und zupfte
ein Haar von seinem Hemd. »Ich bringe ihn nach
Hause.«

»Was willst du? Du hast mich nicht gekauft!« Oskar
stieß sie zurück und leerte sein Glas.

»Dein altes Laster – wie dein Vater!«, flüsterte Theo.
»Reiß dich zusammen!«

»Bist du hergekommen, um mir Vorschriften zu
machen? Leck mich – und verzieh dich!« Er bestellte
noch einen Wein.

23

Schweißgebadet wachte Oskar auf, sah die Fahr-
räder auf seinem Oberhemd. Auch die Hose trug er
noch. Wie war er nach Hause gekommen? Das Herz
brannte ihm in der Brust, es klopfte, raste, überschlug
sich. Sein Kardiologe hatte ihn vor einem Herzkasper
gewarnt. War es jetzt soweit?

Oskar stand auf und schluckte Betablocker. Er
zitterte, ihm war schwindlig, auch noch, als er sich
wieder hinlegte, das heftige Pochen in der Brust.
Zwischen Schlafen und Wachen warf er sich im Bett
hin und her. Träumte. Die Mutter schob ihn weg
und hob Theo auf ihren Schoß. Er drehte sich um,
zog das Kissen über den Kopf und hörte die eigenen
Atemzüge.

Stechender Schmerz gegen die Schädeldecke. Das
Morgenlicht blendete. Trotz Mai-Sonne fror er, viel-
leicht fieberte er, aber das Druckgefühl in der Brust
hatte nachgelassen. Er setzte sich auf, stieg aus dem
Bett und schwankte; ihm schwindelte, und er hielt
inne. Im Spiegel der Kleiderschranktür begegnete
sein Blick dem eines alten Mannes. Vertiefte Falten
auf der Stirn, an den Mundwinkeln, am Hals. Das
Haar begann sich zu lichten. Viel älter als sechzig.
Immer hatte er zehn Jahre jünger gewirkt. Zog Sophie
Ralf vor, weil der erst fünfzig war und schlanker?
Oskar schloss seinen Gürtel. Früher hatte er ihn
enger schnallen können.

Ralf war immer perfekt gekleidet und hatte Geld. Aber Sophie hatte ihm, Oskar, den Workshop versprochen! Nackt mit golden schimmernder Haut war sie auf ihn zugekommen, lächelnd, ihre weiche Stimme am Ohr, ihren Atem auf seinen Lippen. Wie Feuer brannte es nun. War er nur eine schnelle Nummer gewesen?

Er schrieb ihr per Whatsapp: »Es ist unverschämt, dass du dein Versprechen brichst. Abscheulich, dass du dich von ihm kaufen lässt. Ich werde nicht mehr mit dir tanzen. Nie mehr. Me da asco!«, tippte er ein. Es ekelt mich an.

Die Nachricht schickte er nicht ab.

Um seine Wut zu löschen, trank er Dortmunder Kronen. Wie sollte er den Tag überstehen? Er briet sich ein Omelett. Es schmeckte stumpf und trocken. Er schmiss es in den Müll und öffnete ein zweites Bier. Die Sonne brannte ins Zimmer, als wäre schon Hochsommer.

Lass Sophie laufen, sie macht dich sonst verrückt! Nein, Theo verstand nichts von Frauen. Oskar konnte um Sophie kämpfen. Irgendwie wird es schon wieder! Vaters Spruch. Er musste Ordnung schaffen. Er öffnete die Post der letzten Woche, darunter einen Brief vom Arbeitsamt. Las ihn, mehrmals. Die Verlängerung von Hartz IV hatte er versäumt zu beantragen. Wenn er das nicht umgehend nachholte, würde die Stütze gestrichen. Mit der Rikscha allein konnte er die Miete nicht zahlen. Beim nächsten Rückstand, hatte der Vermieter gedroht, würde er rausfliegen. Oskar legte das Formular zur Seite. Das konnte er ausfüllen, wenn er besser drauf war.

Ein weiterer Schrieb verlangte den Nachweis aller Ein- und Ausgaben des Jahres. Einmal hatte er dem Arbeitsamt seine Rikschaerlöse mitgeteilt; das hatte er zutiefst bereut. Was sollte die erneute Anordnung? Er wusste nicht mal, wo das Geld des letzten Monats geblieben war. Das Schriftstück warf er zu den anderen. Formulare, Formulare! Er genehmigte sich ein weiteres Bier.

Das Handy piepte. »Mein zärtlicher Oskar, nach Kreta tanze ich gern wieder mit dir. Sophie.« Ergänzt durch ein rotes Herz.

Verlogen! Nur ein Spielball war er für sie. Er kämpfte gegen einen Weinkrampf an und löschte die Mitteilung.

Sophie ist für mich tot, es ist aus und vorbei.

Dann fühlte er sie im Arm. Konnte er einen wie Ralf ausbooten? Mit Geld war alles möglich. Er musste mit Sophie reden. Holte ihre Nachricht aus dem Handy-Papierkorb, schrieb: »Ich möchte dich treffen.«

»Geht nicht, Bin verreist.«

»Für länger?«

»Bin auf Teneriffa zwischengelandet, morgen tanze ich in Buenos Aires.«

Wer weiß, mit wem. Für sie war das Leben ein Spiel.

24

Nach dem vierten Kronen sah Oskar klarer. Katja! Ein paar tröstende Streicheleinheiten. Er könnte mit Katja tanzen, auch auf Kreta, unabhängig, stolz. Sophie würde staunen und alles bedauern. Er würde sie zurückgewinnen, bräuchte aber Theos Geld.

Er rief Katja an. »Gestern war ich wohl ein bisschen daneben. Weißt du, wie ich zurückgekommen bin?«

Katja kicherte. »Ich habe dich nach Hause kutschiert. Zusammen haben wir dich in mein Auto bugsiert und …«

»Wer wir?«

»Konstantin und Theo, trotz deines ›Verpiss dich!‹. Die haben dann ein Taxi zum Hotel genommen.«

»Ich bin dir zu großem Dank verpflichtet.«

»Du könntest mal aufräumen bei dir.«

»Ich schenke dir eine Rikschatour.«

»Tanze lieber mit mir. Mal nur mit mir.«

»In der Tangosuite?«

»Warum dort?«

»Die Tangofabrik würde mich nur deprimieren.«

»Das glaube ich – wie du dich gestern Nacht aufgeführt hast.«

»Will ich gar nicht wissen.« Hatte er sich lächerlich gemacht?

»Du wolltest dich nie mehr von einer Beziehung abhängig machen. Und dann verzweifeln wegen Sophie.«

»So betrogen wurde ich lange nicht mehr.«

»Ach, Oskar! Ich weiß, du hast es nicht leicht. Lass dich umarmen. Wir treffen uns um zwölf in der Tangosuite.«

Kaum war das Gespräch beendet, vibrierte sein Handy. Konstantin. Oskar hatte es vermasselt und wollte nicht hören, was Konstantin und Theo über gestern zu sagen hätten. Er nahm nicht ab.

Aber es vibrierte weiter. Schließlich ging er ran.

»Wie geht es?«, fragte Konstantin.

»Ging schon mal besser.«

»Dein Bruder ist total am Boden. Hast du irgendetwas Schlimmes zu ihm gesagt?«

»Es war doch für euch ein toller Abend.«

»Ja, ich will jetzt Tango lernen.«

Oskar brummelte.

»Sophie ist eine dumme Zicke.«

Oskar schwieg. Eine Fliege, die sich in sein Zimmer verirrt hatte, summte zwischen den Gläsern des Doppelfensters hin und her. Wie war sie da reingekommen?

»Ihr solltet euch noch mal treffen und aussprechen.«

»Sie ist auf dem Flug nach Buenos Aires!«

»Ich meine Theo und du! Nur ihr beide. Unser Rückflug geht erst um halb elf heute Abend.«

»Ich bin mit Katja verabredet.«

»Du hast keine Zeit für Theo?«

»Mir geht es nicht so. Ich melde mich.«

»Okay, ich sage es ihm.«

Oskar legte auf.

Die Sonne hatte sich hinter die Wolken geflüchtet. Sie ballten sich zu Fratzen, als wollten sie ihn verhöhnen. Den Weg zur Sonntagsmilonga nahm er mit der S-Bahn und zu Fuß. Tropfen schlugen ihm ins Gesicht. Er rutschte auf dem Kopfsteinpflaster aus, fing sich aber. Warum blieb er bei dem Mistwetter nicht zu Hause! Deprimierend, Berlin, Regen, Kälte, graue Fassaden, dunkler Asphalt.

Die Tangosuite im dritten Hinterhof hatte den Charme eines Bürogebäudes. Im Treppenhaus hörte er ein Bandoneon jammern. Er lief hoch und musste über ein knutschendes Pärchen steigen.

Im Vorraum stieß er auf lachende und quatschende junge Frauen, halb so alt wie er. Sie pellten sich aus ihren Jacken, saßen nebeneinander auf der Bank, streckten die nackten Beine mit rot lackierten Fußnägeln vor, als wollten sie ihn provozieren, und schlüpften in die hochhackigen Tanzschuhe. Der Raum war zu eng für so viele schöne Beine. Oskar floh in den Tanzsaal. Aus den Lautsprechern schepperte *Malena*.

Cuando todas las puertas están cerradas…
Wenn überall die Türen fest verschlossen
und nur noch das Gespenst der Liebe bellt…

Die Neuankommenden blickten honigsüß lächelnd in die Runde, suchten Augenkontakt und begrüßten sich, eine Umarmung hier, ein Küsschen dort, und schnatterten bis zum Sitzplatz in schrillen Tönen über hochwichtige Tangoneuheiten. Er orderte am Tresen ein Bier. Takte von di Sarlis *Milonga del Sentimiento – Milonga des Gefühls* bohrten sich in seine Ohren. Mein Gott, musste man das Stück überall totreiten? Dazu umhertappende Paare mit Figurengestolpere, wohl aus dem letzten Workshop. Kopf und Schultern vorgebeugt, kämpften sie mit den Schritten, traten taktweise hart auf, als wäre es ein Militärmarsch. Er sah durch die großen Fenster hinaus auf den Friedhof, starrte eine Weile auf die Grabkreuze und trank sein Bier aus.

So sehr, so sehr warst du mein, und heute suche ich dich und finde dich nicht.

Der nächste Tango *La morocha – Die Brünette* strahlte Wärme und Zärtlichkeit aus. Wollte ihn der DJ mit dieser fröhlichen Musik verhöhnen? Ada Falcons Stimme klang intim und emotional mit einer Spur von Sehnsucht.

Yo soy la morocha, la más agraciada, …
Ich bin die Brünette, die anmutigste, die berühmteste …

Oskar musste schlucken, kämpfte gegen Tränen und wollte weg.

Jemand umklammerte ihn von hinten. Er schaute sich um. Katja nahm sein Gesicht in ihre Hände, drückte ihm ihre Lippen auf die Wange, nahe am Mund. Duftete nach schwerem Parfüm.

»Wieder Alkohol?«

»Das Zeug muss weg. Was bleibt mir übrig?«

»Sind mehrere Frauen für deine Herzkammern nicht doch zu viel?«

»Lieber als unglücklich zu zweit«, brummte er und trank einen Schluck.

Katjas Augenlider klimperten. »Sophie ist ein Schmetterling, mal hier, mal da. Für eine Dreiminutenbeziehung beim Tango, ja. Und Männer kleben daran wie am Fliegenfänger.«

»Sie hat mir Kreta fest zugesagt.«

»Du brauchst eine, die zuverlässig ist.«

Er leerte sein Glas.

Sie strich zärtlich an seinen Fingern entlang und legte ihre Hand, weich und warm, auf seine. »… eine, die Verständnis für dich hat. Eine Familie.«

Der Sex mit ihr war immer gut gewesen. Oskar richtete sich auf und gab ihr einen Kuss auf die Wange. »Stornieren kann ich die Reise nicht mehr. Vielleicht könntest du …«

»… tanzen!« Katja klatschte, bewegte sich zu einem Boogie-Woogie in der Tangopause. Sie lachte auf, dass andere hersahen, ein helles, offenes Lachen, das sie jünger aussehen ließ.

Er sollte sich ein neues Bier bestellen – obwohl, dann könnte er kaum noch führen. Mit Katja konnte er wenigstens zeigen, dass er nach wie vor attraktiv war.

Ein schmachtendes Klagelied erklang. *Gallo viejo – Alter Hahn* zeigte der DJ an.

Oskar fühlte sich von dem Stück verfolgt; er mochte die Stimme des Sängers nicht. Aber Katja zog ihn vom Hocker zur Tanzfläche, leichtfüßig, mit geschmeidigen Schritten und wiegenden Hüften.

Oskar war wacklig auf den Beinen und nicht klar im Kopf. Ohne Führung lief im Tango nichts. Man musste sich für den nächsten Schritt immer schon einen vorher entscheiden. Aber wie konnte er ausdrucksvoll und kreativ tanzen, wo er nur mit Mühe den Takt traf? Er konzentrierte sich und versuchte, entschlossen vorwärtszugehen.

»Findest du, dass ich schematisch tanze?«, fragte Oskar.

»Mit dir fühlt es sich supergut an.«

Er sah sie in der verspiegelten Wand, ihr Schenkel wuchs lang aus dem kurzen Rock, streckte sich zum Rückschritt. Oskar führte sie in die Wiege, vor und rück. Wieder und wieder streckte sich im Spiegel ihr nacktes Bein und schritt aus. Er drehte den Kopf zu ihr, schaute sie an, ihr rundliches Gesicht eine Handbreit vor seinem. Ihre Augen blitzten spöttisch auf, um ihren Mund ein belustigtes Lächeln. Es belebte ihn und der Tango *Yira, Yira – Ständig im Kreis rum* trieb ihn weiter.

dich nach lauter falschen Versprechen
endgültig fallen gelassen hat,
dann fühlst du erst richtig
die Gleichgültigkeit der Welt,
die taub ist und stumm.
Du merkst, dass alles Lüge ist, …
Immer im Kreis rum …!

Oskar legte die Hand um ihre Taille, auf den dünnen Rock, fühlte die Rundung ihrer Hüfte. Er griff zu und führte sie in die Drehung, unterbrach aber mit dem wechselnden Rhythmus den Schritt. Er zog sie an sich, stoppte auf dem linken Bein und deutete mit dem rechten einen Schritt vor und zurück an, so dass sie mit der Innenseite ihrer Schenkel an seinem Standbein entlang streichen musste. Sie sah ihn forschend an – und schmunzelte. Im nächsten Wiegeschritt näherte er sich ihrem Ohr und glitt mit den Lippen darüber.

Katja stoppte; entfloh ihm spielerisch, hielt inne und drängte sich an ihn, auch mit ihrem Becken. Sie setzte eine scheinbar gleichgültige Miene auf und schloss die Augen. Das Wechselspiel zwischen Annähern und Entweichen, zwischen Bedrängen und Nachgeben schien sie zu lieben. Er hielt an, setzte seinen rechten Fuß an ihren linken, drehte sie, und ihr linkes Bein schlug einen Haken um seins. Sie warf den Kopf in den Nacken und lachte. Es erinnerte ihn an ihren Sex im Herbst; er fühlte sich so vertraut mit ihr, dass sich sein Fuß weiter zwischen ihre Beine vorwagte.

In ihren Augen blitzte Triumph. Dicht an ihn gelehnt, setzte sie sich auf seinen Oberschenkel, wiegte den rundlichen Körper von einer Seite zur anderen und hakte schmiegsam die Unterschenkel abwechselnd um sein vorgesetztes Standbein. Sie umschlang, ja, umarmte ihn mit ihren Beinen. Ihr schwerer Parfümduft vermischte sich mit dem ihres Schweißes. Jäh verlangte ihm nach dem Körper, der sich in seinem Arm bewegte.

Drei Runden lang hatte er nicht mehr an Sophie gedacht – immerhin!

Sie verließen die Tangosuite.

»Zu mir?«, fragte er mit einem Zwinkern.

25

Er nahm ihre Hand und öffnete die Schlafzimmertür. Für einen Moment sah er Sophie wieder nackt vor sich stehen. Er schüttelte den Kopf.

Katja stoppte. »Ich mache uns was zu essen.«

»Du willst doch jetzt nicht essen! Ich bin letzte Woche nicht zum Spülen gekommen.« Dass sie das Durcheinander im Wohnzimmer und der Küchenecke sah, war ihm Recht. Vielleicht half sie ihm später.

»Es ist gleich halb drei.« Katja streichelte sein Kinn.

»So schnell verhungerst du nicht.« Oskar nahm sie in den Arm und küsste sie.

»Doch, ich habe Hunger.« Sie befreite sich und blickte sich um.

»Okay, lass dir helfen.« Er holte einen Rest Nudeln, eine Dose Thunfisch, Tomaten und Zwiebeln aus dem Vorratsschrank.

Sie setzte Wasser zum Kochen auf und zeigte auf den Tisch, auf dem neben Tellern und Tassen der Berg Briefe lag. »Hier hat lange keiner aufgeräumt.«

»Das können wir später noch.«

»Lass es uns erst hier ein bisschen schönmachen. Was ist mit der Post?«

»Ach, das Arbeitsamt nervt.« Oskar zuckte die Achseln. »Aber das bringt jetzt nichts.«

Sie legte ihm einen Finger auf den Mund. »Zusammen geht es leichter.«

Mit Katja konnte sein Leben in geregelten Bahnen verlaufen, aber der Gedanke fuchste ihn. Zögerlich schob er ihr die Briefe zu und räumte Zeitschriften, Zettel, Gläser und Teller beiseite. Katja ordnete die Papiere nebeneinander und überflog den Hartz-IV-Antrag, während er in der Soße rührte.

»Zu den Einnahmen gibst du an: ›Keine. Die alte Rikscha ist schon lange fahruntauglich.‹«

Er gähnte und rieb sich die Augen. »Schreib es einfach hin.«

Katja füllte das Formular aus. Er unterschrieb es. Dann räumte sie mit ihm auf.

»Du brauchst einen vernünftigen Schrank.« Sie stellte die Fahrrad-Reparatursachen und leeren Bierflaschen zu seinen Schuhen vor das Regal, legte umherliegende Wäschestücke zusammen und packte sie auf das Regalbrett.

Nach dem Essen zog er sie ins Schlafzimmer, obwohl er groggy war und das Gefühl hatte, dass er neben sich stand.

Er musste geschlafen haben. Katja lag im Bett neben ihm und schaute ihn an. Er rieb sich die Augen. Schon halb sechs. Seine Mailbox zeigte eine Nachricht an. Er mochte sie nicht abhören und holte sich ein Bier.

»Hör auf damit!« Katja stand auf und zog sich an.

»Lass mich!«

»Hier muss auch mal gemalert werden.« Sie blickte die Wände an.

»Mich interessiert eigentlich nur eines: Fliegst du mit mir nach Kreta?«

»Ich habe da einen Handwerker an der Hand, der kann gleich nächste Woche anfangen. Der ist auch gar nicht so teuer.«

»Geht's noch?«

»Doch! Bei der Gelegenheit kannst du zu mir ziehen. Dann können wir mal ausprobieren, wie das klappt, wenn wir zusammenleben.«

»Ich glaub, ich spinne. Willst du nicht zum Workshop?«

»Du willst nur wegen Sophie mit mir dahin. Kümmere dich selbst um deinen Kram. Ich gehe jetzt. Adieu!«

Hart zog sie die Tür hinter sich zu.

26

Oskar ließ sich zurück ins Bett fallen und schloss die Augen. Schwindelig war ihm und schlapp. Er wollte sich erheben, doch ihm wurde schwarz vor Augen. Sein Handy auf dem Nachttisch summte noch. Er blieb liegen, wollte sich entspannen, aber das Herz bollerte, stärker als zuvor.

Das Handy gab keine Ruhe. Er tastete danach. Konstantin. »Hast du die Mailbox nicht abgehört?«

»Ich war mit Katja beschäftigt.«

»Kennst du den Schleusenkrug?«

»Ja, aber ich fühle mich nicht so gut.«

»Theo auch nicht. Ihr solltet miteinander reden.«

Worüber denn? Dass er so enden würde wie Nikita? »Der Schleusenkrug ist eine super Idee. Aber heute geht es nicht. Meine Pumpe spielt verrückt.«

»Dein Herz? Sollen wir kommen? Oder einen Arzt rufen? Unser Flug geht erst um halb elf.«

»Lass mich in Ruhe.« Oskar legte auf, drehte sich um und versuchte zu schlafen.

Er musste eingedöst sein. Draußen war es dunkel. Als er sich erheben wollte, war ihm wieder schwindelig und sein Herz pumpte, als müsste es die Titanic über Wasser halten. Dann drohe ein Schlaganfall, hatte sein Kardiologe gewarnt.

Eine Stunde später lieferte ihn die Feuerwehr in der Notaufnahme der Westendklinik ab. Er wurde an einen Tropf gehängt und bekam Betablocker. Langsam entspannte er sich. Ihm war, als schwebte er, wie bei den Drehungen mit der Schwarzhaarigen. Ihr Lächeln stand ihm vor Augen.

Während der Untersuchungen wurde ihm schläfrig. Er hätte sich zu Hause richtig ausschlafen sollen.

»Sie haben weder einen Herzinfarkt noch Schlaganfall …«, sagte die junge Ärztin.

»Na also. Dann kann ich ja wieder gehen.«

»… aber einen Puls um 150 und Extrasystolen, so das EKG. Vorhofflimmern. Ihr Herz rast wie das einer Maus.«

»Das wird schon nicht so schlimm sein.«

»Für die Maus nicht. Sie lebt vergleichsweise kurz.«

»Aber das geht wieder weg.«

»Vielleicht. Manche leben damit. Wir hoffen, dass sich ihr Herz mit den Medikamenten beruhigt. Zu den Betablockern verschreiben wir Ihnen Antiarrhythmika. Damit sollte Ihr Herz wieder in den normalen Rhythmus finden.«

»Normaler Rhythmus? – Langweilig! Beim Tanzen beflügeln mich unterschiedliche und widersprüchliche Rhythmen.

Sie schüttelte den Kopf. »Wenn die Medikamente nicht helfen, versuchen wir es mit Elektroschocks, notfalls mit einer OP.«

»Wollen Sie mir drohen?«

»Das Gefährlichste sind die Thrombosen, die sich im Vorhof, genauer gesagt: im Vorhofohr bilden, wenn beim Flimmern das Blut stillsteht. Deshalb müssen Sie in Zukunft regelmäßig Gerinnungshemmer nehmen. Mit dem Tanzen ist erst mal Schluss.«

»Ach was. Mein Herz ist unschlagbar und immer in Fahrt.«

»Erst gestern ist hier eine Patientin mit einem Schlaganfall nach Vorhofflimmern eingeliefert worden. Achten Sie bei Marcumar peinlichst genau auf die Dosierung!«

»Und wenn nicht?«

»Dann ergeht es Ihnen wie den Ratten, wenn man sie vergiftet. Sie verbluten innerlich. Rattengift ist der gleiche Stoff.«

»Aber ich muss tanzen gehen, das werde ich ja wohl noch dürfen.«

»Kaum, solange das Flimmern andauert. Sie sollten gleich versuchen zu schlafen.«

Oskar bemühte sich, aber immerzu piepte ein Gerät. Im Bildschirm über ihm verfolgte er seinen Puls, mal um 140, mal um 150. Ein Leben ohne tanzen? – Unvorstellbar. Und Rikschafahren? Er müsste die Adlon-Termine absagen. Man würde ihn aus der Liste streichen.

Sein Handy summte. Konstantin. Auf dem Flughafen kurz vor dem Boarding. Als er von Oskars Aufenthalt in der Notaufnahme hörte, überschlug sich seine Stimme. Er mache sich Sorgen. »Sollen wir nicht in die Klinik kommen?«

»Ich bin bestens versorgt, sogar mit Rattengift«, wehrte Oskar ab.

Im Hintergrund hörte er die schroffe Stimme von Theo: »Dann eben nicht. Wenn er nicht will.«

Er legte auf.

Nach drei Stunden, weit nach Mitternacht, sank sein Puls auf etwa 120. Doppelt so hoch wie normal, aber immerhin. Er schloss seine Augen.

Am Morgen wurde er – mit Vorhofflimmern und einem Rezept – entlassen. Wackelig auf den Beinen tastete er sich an der Wand entlang nach draußen.

Er schlurfte in Beates Apotheke am Hansaplatz, die einzige in seiner Nähe, und hoffte, dass sie nicht da war.

Erleichtert begrüßte er die Angestellte im weißen Kittel hinter dem Tresen. Der Kittel ging mit dem Rezept nach hinten. Ein gleicher kam zurück, mit den Medikamenten in der Hand. Beate! Er hielt sich mit einer Hand am Tresen fest und brachte kein Wort heraus.

»Schön, dich zu sehen«, sagte sie. »Ist das für dich? Was ist passiert?«

»Es rappelt nur ein bisschen im Karton.«

»Du siehst müde aus.«

»Alles im grünen Bereich.« Oskar blickte zu Boden.

»Herzrhythmusstörungen sind gefährlich und das Flecainid schickt den Kreislauf in den Keller. Wie lange sollst du es nehmen?«

»Zwei Wochen.« Er sprach schleppend und fühlte sich wie im Dampfdruck-Kochtopf. »Die bieten mir

Elektroschocks an«, er grinste. »Das bringt mich in Fahrt.«

»Und eventuell eine Herz-OP. Ich weiß Bescheid. Du nimmst es leicht?«

Er richtete sich auf und machte ein paar Tanzschritte.

Sie sah ihn zweifelnd an, ihre Augenbrauen zusammengezogen. »Schaumtänzer mag ich nicht. Ich kann dich nur ernst nehmen, wenn du aufrichtig bist.«

Er winkte ab. »Ich hatte nur Pech. Es wird schon wieder.«

»Wen willst du beeindrucken? Es ist deine Sache, wie verantwortungslos du mit dir umgehst, aber mir musst du nichts vorspielen.«

Auch wenn es schmerzte, ihre Klarheit tat gut. Er sah auf, ihr in die Augen. »Vielleicht können wir …« Was konnte er ihr vorschlagen?

Sie schüttelte den Kopf. »Tanzen bestimmt nicht.«

Er ließ den Kopf hängen. »Selbst spazieren gehen überfordert mich.«

Er bemerkte, wie ihn der Mut verließ. Es war vorbei. Mit allem.

Beate nahm ihn in den Arm. »Was für eine Katastrophe.«

Warum lächelte Beate? Sie sagte: »Für deinen Harem.«

Jetzt musste er doch lachen.

»Du hast uns zu einer Fahrt mit der neuen Rikscha eingeladen. Ich wollte schon immer mal so eine Tour machen.«

»Ja, gern!« Oskar senkte den Blick. »Nichts lieber als das. Bei dem schönen Wetter über das Tempelhofer Feld und zur Eisfee in die Akazienstraße. Da gönnen wir uns ein großes ...« Er stockte und schüttelte den Kopf. Es drückte ihm Tränen in die Augen. Sein Schwindelgefühl nahm wieder zu.

»Oskar, du hast mich nicht verstanden. *Ich* werde dich fahren. Das finde ich eine super Idee. Jojo hätte auch Spaß daran.«

Jojo? »Ich kann nicht.« Er drehte sich um und ging, versuchte, sich gerade zu halten, schwankte aber wie ein alter Mann aus der Apotheke.

27

Am nächsten Samstagnachmittag klingelte es.

In der Tür Theo, in Jeans, Jackett und schwarzer Weste.

»Du?«

Immerhin war sein Zimmer aufgeräumt. Nach dem Gespräch mit Beate hatte er das Gefühl gehabt, etwas unternehmen zu müssen. Etwas für sich selbst zu tun. Reinen Tisch zu machen.

Theo lächelte. »Wie geht es dir?«

»Etwas besser. Die Pumpe dreht immer noch durch. Der Blutdruck ist im Keller. Die Betablocker machen mich schlapp, aber ich sehe wieder Land. Warte, ich bin gleich fertig.«

Doch Theo trat herein, drückte ihn. »Schön, dass ich meinen Bruder wieder in die Arme schließen kann.«

»Freut mich.« Oskar suchte in den Klamottenstapeln im Regal ein frischgewaschenes Oberhemd, fand aber keins. Er streifte ein gebrauchtes über und blieb vor dem Regal stehen. Das Durcheinander auf den Brettern brauchte Theo nicht zu sehen. Auch hier war eine Veränderung fällig.

»Wir könnten es uns bei dir gemütlich machen.« Theo zog sein Jackett aus. Oskar tat so, als bemerkte er es nicht, und wich seinem Blick aus. Theo sollte es anbehalten.

»Wir gehen in den Schleusenkrug.«

»Ist das eine gute Idee, in deinem Zustand?«

»Ich muss raus, ich habe wieder Lust zu leben. Du wirst auf mich achtgeben.« Oskar knöpfte sein Oberhemd zu. »Und Konstantin?«

»Der schaut sich den Schöneberger Kiez an. Ich habe ihm freigegeben, damit wir mal allein reden können.«

»Manchmal könnte ich dich um ihn beneiden.«

Theo legte das Jackett über einen Stuhl und blickte sich um. »So wohnst du also. Ich habe es mir oft vorzustellen versucht.«

Oskar zog Theo zum Fenster und zeigte nach draußen, auf den Tiergarten. »Guck mal! Birken vor der Tür und die S-Bahn. Das gefällt mir.« Im Vergleich zu Theo hatte er wenig aus seinem Leben gemacht, aber das war jetzt egal.

»Wenn du Hilfe brauchst, sage Bescheid!«

»Komm, wir gehen.« Er reichte Theo das Jackett und drängte ihn zur Tür.

Im Schleusenkrug fanden sie einen Tisch unter einer Birke, beleuchtet von bunten Lichterketten. Im Biergarten roch es frisch und feuchtkühl nach dem nahen Landwehrkanal.

»Zum Wachwerden brauche ich einen Kaffee«, sagte Oskar. »Die Pillen schaffen mich.«

»Kaffee ist sicher Gift …«

»Noch bin ich nicht tot.«

Theo lud ihn zu Schwarzwälder Kirschtorte ein. »Hat Mutter oft gemacht.«

Der süßlich herbe Geruch stach Oskar in die Nase –

der Sonntagsnachmittagsduft nach Kirschen und Alkohol. Es roch nach Zuhause. »Mit viel Kirschlikör, das mochte mein Vater.« Er lachte. »Ich verzichte aber lieber auf Alkohol und probiere nur ein kleines Stück.«

»Du willst dich echt ändern.«

»Vielleicht habe ich einen Grund dazu.«

Theo strahlte. »Sobald es mit deinem Herz bessergeht, kannst du mit Katja nach Kreta fliegen.«

»Das ist vorbei.«

»Nein! Ich werde dir das Geld für Kreta geben. Wie du tanzt, das hat uns beide umgehauen. Jeden hat es bezaubert. Das macht dir niemand nach. Das bist du!«

Aber nicht für den Rest meines Lebens, dachte Oskar und fühlte ein Gewicht auf seiner Brust. »Ich denke, ich brauche etwas ganz Anderes.«

»Was Anderes?« Theo starrte ihn an. »Wovon sprichst du?«

»Das mit dem Tanzen ist fürs Erste vorbei.«

Es entstand eine Pause.

Dann sagte Theo: »Verstehe. Letzten Samstag hatte ich auch das Gefühl, euer Tanzen ist eine Show.« Seine Stimme klang weich. »Als ginge es um Eindruck schinden; wer am besten aussieht. Du warst nur einfach besser als die Anderen.«

Oskar rutschte auf der Bank hin und her. »Tut mir leid, dass ihr meine Blamage miterleben musstet.«

»Vor mir musst du dich nicht schämen.«

»Ich dachte immer, Tanzen ist mein Leben. Und Sophie war das Größte darin.«

»Ihr Dauergrinsen hat mir nicht gefallen. Dass sie mit dem Typen nach Kreta fliegt, hat mich nicht gewundert. Vielleicht kann sie sich auch auf niemanden wirklich einlassen.« Theo strich mit beiden Händen über sein kurzes, glattes Haar, als wolle er sich entschuldigen, und schwieg einen Moment.

Zwei Frauen am Nachbartisch flüsterten und kicherten.

»Das ist hart, aber du hast Recht, Theo. Was das betrifft, hätten Sophie und ich gut zusammengepasst.«

»Mit der, das wäre nicht gutgegangen.«

Oskar dachte an Beate. »Meinst du, ich kriege nie eine Beziehung hin oder will gar keine?«

Theo lächelte. »Das dachte ich auch, bevor ich Konstantin traf.«

Oskar pulte mit der Gabel eine Kirsche aus dem Kuchen, rollte sie vor und zurück. »Mit meiner Ex war es schnell vorbei gewesen. In den zehn Jahren danach hatte ich keine längere Beziehung.« Er aß die Kirsche. »Vielleicht, weil Mutter mich so früh abgelehnt hat.«

»Du denkst, es war meinetwegen.«

Oskars Blick irrte durch die Birkenkrone über ihm, in dem die Spatzen lauter als zuvor tschilpten. »Am besten kam ich mit meinem Vater klar. Ich war sein Ein und Alles«, er zögerte, »wenigstens anfangs.«

»Du meinst doch nicht, wir anderen haben dich alle gehasst.«

»So habe ich es gesehen.«

Theo neigte sich ihm zu und legte den Arm um seine Schulter. »Im Gegenteil. Früher dachte ich, mein großer Bruder ist was Besonderes, ein Außenseiter, der sich nicht anpasst, der früh weg ist.«

Eine Pause entstand. Beide schwiegen.

Fragend schaute Oskar Theo an. »Haben wir beide einfach nur um Liebe gekämpft?«

»Wahrscheinlich.« Theo zögerte, schlug die Augen nieder. »Um gemocht zu werden, imponiert man.«

»Ich weiß. Das habe ich bei Sophie versucht. Lächerlich.«

»Kein Wunder, dass dein Herz durchdreht.« Theos Stimme klang warm, die Augen strahlten. »Guck nicht so bedeppert. Alle Welt schaut auf Rankings, sich vergleichen, verkaufen. Aber überlege mal, ob es Menschen gibt, die dich noch mögen würden, wenn du gar nicht mehr tanzen könntest.«

Eine grauenhafte Vorstellung. Oskar zuckte mit den Schultern.

Theo verdrehte die Augen. »Du bist charmant, gesellig, lachst gern. Bist liebenswert, so wie du bist. Jedenfalls manchmal.«

Beide lachten. Keine Frage. Der Bruder mochte ihn, einfach so. »Offenbar verstehst du doch was von Frauen. Auf jeden Fall von Beziehungen.« Oskar fixierte ihn. »Beate hat dir besser gefallen?«

»Sehr. Aber du hast sie vergrault. Warst unfair zu ihr.«

Eine Gänsehaut lief ihm über die Arme. »Ich habe sie wiedergesehen. Sie war auch hart zu mir.«

»Was hat sie getan?«

»Sie hat mir meinen Leichtsinn um die Ohren gehauen. Verantwortungslos sei ich und unaufrichtig. Dann hat sie mich zu einem Ausflug mit dem Enkelkind eingeladen. Sie schlug vor, mich in meiner Rikscha zu kutschieren. Aber mit mir allein will sie nicht.«

»Und du hast es abgelehnt, nicht wahr? Du Armleuchter, wirklich!« Theo schüttelte den Kopf. Er sah aufgewühlt aus; beinahe so, als wollte er aufstehen und gehen.

»Da hat sie doch nichts davon. Ich kann nicht tanzen, nicht Rikschafahren und in Sachen Familie bin ich gar nicht gut. Und sicher will sie nicht wieder einen, der jederzeit einen Schlaganfall haben und tot sein kann, wie ihr Mann letztes Jahr.«

»Wenn Beate die ist, für die ich sie halte, wird ihr das nicht wichtig sein.«

»Sondern?«

Theo sah ihn an, ruhig, liebevoll, und schmunzelte. Oskar erwiderte den Blick. Sie sahen sich still in die Augen.

»Wie machst du das mit Konstantin?«

»Was?«, fragte Theo.

»Beziehung. Ihr müsst in Hiltrup viel durchgemacht haben.«

»Anfangs war es nicht leicht. Ja, es gibt Vorbehalte, aber das Problem sind nicht die anderen.« Theo stockte, aß vom Kuchen. »Es kostet Mühe, miteinander glücklich zu sein. Ich habe lange gebraucht,

Konstantin so zu nehmen, wie er ist. Ohne ihn mit anderen zu vergleichen. Ohne zu taktieren. Ohne ihm was vorzuspielen. Er fordert mich. Erst habe ich das nicht verstanden.«

Beate, ihre harten Worte in der Apotheke. Ihre Zurückhaltung.

»Beate ist nie auf meinen Charme hereingefallen.«

»Sie hat eben selber welchen und hatte ihren Spaß beim Üben mit uns …«

»… als alle anderen von Sophie geblendet waren.« Eine warme Welle stieg in seiner Brust auf. Er schüttelte lachend den Kopf über sich.

»Was ist los, Oskar?«

»Konstantin fordert dich? Das ist es?«

Theo lächelte.

Oskar richtete sich auf und schaute ihm in die Augen – mit dem Gefühl, ihn zum ersten Mal wirklich anzusehen. Theos Gesicht glänzte. Er sah glücklich drein; seine Liebe war zu spüren, wenn er von seinem Partner sprach.

Oskar seufzte. »Schön, dass wir wieder reden.«

»Ich freue mich auch. Du bist mein Bruder.« Theo lächelte verschmitzt, rückte heran und nahm ihn in den Arm.

Oskar drückte ihn. »Das ist«, er blickte hinauf in die Birkenkrone, »das ist, als würde mein Vater mir übers Haar streichen. Er sagte immer: ›Irgendwie wird es schon wieder.‹«

»Ich bin überglücklich, dass ich meinen Bruder wiedergefunden habe.« Theo drückte ihn auch.

»Konstantin und ich werden heiraten. Willst du unser Trauzeuge sein?«

»Wenn ich darf.«

28

Sein Telefon klingelte. Katja. »Du hast mich überrascht mit deiner Überweisung …«

»Ich zahle dir jeden Monat dreißig Euro zurück.«

»Aber du brauchst doch das Geld. Sonst schaffst du das Renovieren nie.«

»Im Gegenteil. Bin schon dabei.«

»Was ist los mit dir?«

»Ich habe mir einen Schrank für meine Sachen besorgt und die Tapeten überstrichen. Für das französische Bett habe ich eine orangefarbene Blumendecke ausgewählt, gleich einer Sommerwiese.« Von seinen Herzproblemen sprach er nicht. Sonst würde ihr Bemuttern wieder losgehen.

An diesem Samstag endete der Tangoworkshop auf Kreta. Gut, dass er nicht hingeflogen war. Stress abbauen – nannte sein Kardiologe das. Es schien zu helfen. Das Vorhofflimmern hörte auf. Zwei Wochen später durfte er wieder Rad fahren.

Über den Asphalt floss eine sonnige Wärme; es roch nach Harz und welkem Gras. Weiße Schmetterlinge wirbelten im Tiergarten um blaublühende Lupinen. Die Rikschaufträge, die sein Handy-Kalender an diesem Samstag anzeigte, hatte er bereits erfüllt. Auch das Adlon buchte ihn wieder. In den heißen Wochen überrannten Touristen Berlin-Mitte. Das Geschäft lief.

Wind kam auf und fegte durch die Weiden am gegenüberliegenden Ufer des Landwehrkanals. Er linderte die Hitze und trocknete Oskars Schweiß. Es tröpfelte. Oskar mochte Sommerregen auf der Haut. Er schob sein Gefährt in den Schuppen.

Keine Nachricht von Sophie. Und wenn schon. Er wollte eh nicht mit ihr tanzen. Er musste nicht länger – wie Ralf oder Udo und all die anderen – um eine fünfte Dimension kreisen, die eher ein schwarzes Loch war. Er musste auch selber keine fünfte Dimension sein. Der Rest des Universums war auch so interessant.

Den Rikschaschuppen verschloss er und ging pfeifend heim. In einem Blumenladen erwarb er drei große Sonnenblumen und gab dem Verkäufer ein gutes Trinkgeld. Noch nie hatte er für sich selbst Blumen gekauft.

Zu Hause stellte er sie in eine hohe Vase neben den Wohnzimmertisch, atmete tief den Duft ein und strich über die rauhaarigen Stängel. Er machte ein Selfie von sich und den großen Blütenkörben und schickte es Theo.

»Ich freue mich schon auf eure Hochzeit.«

»Wie geht es Beate?«

»Ich sehe sie heute Abend.«

Das Licht der Straßenlampen und aufflammender Werbung mochte Oskar. Ihr Schein milderte die Hässlichkeit der Betonklötze mit ihren nüchternen Hauseingängen und behäbigen Balkonen. Wie vor acht Wochen schloss er sein Rad ans Brückengitter der Panke.

In der Tangofabrik stellte der Barkeeper ihm gleich ein Glas Gratiswasser hin. Damals suchte Oskar etwas fürs Herz und war bald von Sophie hingerissen. Heute schlug sein Herz in Vorfreude auf Beate höher. Er genoss es, verabredet zu sein und wartete. Auf den Gesichtern der Tanzenden lag etwas Andachtsvolles. Er atmete die feierliche Eleganz ein. Tango bedeutete im Afrikanischen *geschlossener Ort*, nur für Eingeweihte, hatte er gelesen, ein Ort, an dem Riten vollzogen und Trommeln geschlagen wurden. Er liebte diese Stimmung.

Beate näherte sich ihm, kerzengerade mit geschmeidigem Gang, in einem eng anliegenden schwarzen Kleid, von goldfarbenen Fäden durchzogen. Ein Träger war heruntergerutscht und betonte ihre entblößte Schulter. Noch nie hatte er sie in einem Kleid gesehen. Sie war schön, schöner als in seiner Erinnerung. Sie trug ein schüchternes, pfirsichfarbenes Rouge und silberne Perlenohrstecker. Er hatte ein verdammtes Schwein, dass sie ihn nicht schnitt.

»Hallo!«

»Dir geht es besser, das sehe ich.« Ihre Lippen glänzten leicht rot. Ihr rotblondes Haar war länger als vor drei Wochen. Drei hellgefärbte Strähnen schlängelten sich über ihre Schläfe herab.

»Du siehst atemberaubend aus«, raunte Oskar. »Hast du einen Liebhaber?«

Sie errötete. »Ich bin verliebt, schon lange.«

Oskar musste schlucken. »In wen?«

»In einen Mann mit einem viel zu großen Herzen. Jetzt lass uns tanzen.«

Sie streckte ihm gelassen die Hand entgegen und senkte – im Kontrast zu den hart und angriffslustig spielenden Geigen des *La Yumba*-Orchesters – bedächtig ihren linken Arm um seinen Nacken, unendlich träge. Ihr Parfüm roch nach Veilchen, vermischt mit dem Geruch ihrer Haut, ein Hauch von Sonne und Wind.

»Wir haben zu lange nicht miteinander getanzt.« Er sah ihr in die blauen Augen und begann, vorsichtig mit ihr zu gehen, obwohl der Taktschlag des Orchesters unerbittlich vorantrieb. Mit einer Lápizverzierung verlieh er dem Tanz etwas Weiches und Flüssiges: Mit den Schuhspitzen zeichnete er zwischen ihren Schritten Kreise auf dem Boden. Beate richtete sich auf und drückte ihre Brust an seine, ließ ihn aber wieder ihren Eigensinn spüren, als sie wie selbstverständlich zögerlich seine Verzierung ergänzte. Oskar fühlte ihren Herzschlag. Sein eigener Puls beschleunigte sich ebenfalls. Ruhig!

Er sollte nicht gegen ihr Verzögern antanzen. O Gott, wie schaffte er das? Zur Musik, weich und schmelzend, verlangsamte er über mehrere Takte die Bewegung und näherte sich dem Stillstand an. So unterlief er ihren Widerstand und das ohne jede Anstrengung. Wie leicht das war. Inmitten eines Schrittes bremste er ab, ohne zu stoppen, kaum sichtbar, aber für Beate fühlbar, und sie verzierte es. Oskar genoss diesen Moment und hielt die Energie, bevor ein neuer Lauf begann – wie die Welle gegen den Strand hin ausrollt, ehe sie wieder zurückläuft, im Herzschlag der Musik, im Herzschlag beider.

In der Tanzpause blieb er mit Beate am Rand stehen.

»Du trägst neuerdings ein Kleid?«

»Das wollte ich immer schon probieren. Und weißt du was: Ein Kleid unterstützt meine Drehungen, ein schönes Gefühl, wenn es fliegt. Ich fühle mich weiblicher. Mit dir möchte ich auch gern mal ein Mini oder einen Schlitz tragen.«

Da kam Katja auf ihn zu. Sie hatte wohl getanzt. »Guckst du Verräter mich nicht mehr an?« Aber sie lächelte. Freundlich. Kein Groll. Was für eine Frau!

»Entschuldige, ich habe dich nicht bemerkt.«

»Kein Wunder, so konzentriert und versunken habe ich dich noch nie mit jemandem gesehen.« Sie nickte Beate zu. »Wer hätte das gedacht.«

Beate schmunzelte. Sie ließ sich, als das fröhlich-aufgekratzte *Mandria – Memme* erklang, von einem Fremden auffordern. Oskar tanzte mit Katja eine Tanda, leicht und spielerisch, ehe Katja ihn mit einem Zwinkern an Beate zurückgab.

Oskar nahm Beates Hand und fügte sich zur *La Cumparsita – Kleiner Straßenumzug* den dunklen melodischen Tönen der Bandoneons und Streichinstrumente, dachte an seinen Polka tanzenden Vater und folgte mit tragenden Schritten der schweren Melodie und der sich dahinziehenden Stimme des Sängers.

Beate aber reagierte auf den schnelleren Rhythmus des Klaviers. Sie betonte die dynamischen Höhepunkte, den Moment der verweilenden Welle, bevor sie über ihrem Scheitel bricht. Oskar vertraute sich ihrem Taktgefühl an, ließ sich von ihrer Energie und ihrer Anmut verführen, ging auf sie und die heiter dahin schwingenden höheren Klavier-Töne mit leichteren und schnelleren Schritten ein, so dass sich eine rhythmisch wilde Lebendigkeit entwickelte, eindringlich und unberechenbar. Sie bemerkte den Wechsel und lachte auf. Ein offenes Lachen, ein echtes Lachen.

Er sagte: »Früher habe ich mich über deinen Widerstand geärgert.«

»Ach so?«

»Jetzt sehe ich, ich kann auf ihn bauen.«

»Du konntest es nicht verstehen. Du warst mit dir beschäftigt und wolltest der Beste sein.«

»Wie anstrengend.«

»Nicht mehr.« Sie schmiegte sich enger an ihn, ihre Brust in sanften Wellenbewegungen gegen seine, und tanzte elastischer denn je. Keine Spur von einer angespannten, spröden Geschäftsfrau. Ihr Kleid wirbelte

154

um seine Beine. Er schaute nicht auf, nicht zu anderen Frauen.

Er tanzte nur für Beate.

Kleine Lichtflecke einer Discokugel funkelten über ihnen. Beate lehnte sich in seinen Arm und musterte ihn. Ihre blauen Augen glänzten. In ihnen sah er ein neues Leuchten, von innen heraus.

»Mi amor, du bist schön.« Er strich ihr über die Hand, ohne seinen Blick von ihren Augen zu lösen, und küsste ihre Lippen, warm und weich.

Sie schrak zurück, einen Moment. Dann erwiderte sie seinen Kuss. Er lächelte und blies die Strähne über seiner Nase weg, doch sie schwang zurück.

Als sie das Lokal verließen, lärmten die Vögel schon. Es duftete nach Lindenblüten.

Er legte seine Arme um Beate. »Samstag wieder?«

»Da ist mein Enkelkind bei mir.«

»Ich möchte Jojo gern kennenlernen.«

Beate schaute verwundert. »Früher hattest du keine Lust dazu.«

»Ihr habt mir eine Rikschafahrt versprochen. Darauf freue ich mich. Ich könnte ihm einen Fußball mitbringen. Meinst du, er möchte einen?«

Sie nickte und strahlte. Er erwiderte ihren Blick und nahm sie in den Arm. Ihr Haar an seinen Lippen elektrisierte ihn.

»Dass du dich überhaupt noch für mich interessierst …«

»Du hast dich verändert.« Beate lachte leise.

»Was meinst du?«

»Du bist nicht mehr so aufgedreht. Ruhiger, vielleicht auch zufriedener. So habe ich dich früher nie wahrgenommen.«

Sie sahen in den weißblauen Himmel, er war höher als sonst. Oskar umfasste Beates Taille. Ihr Kleid knisterte wie die Blätter von Birken. Er dachte an die vertraute, dunkle Stimme der Sängerin Mercedes Sosa und sang:

»Vuelvo al sur …
Zurück nach Süden / holt uns doch immer die Liebe ein
… den Süden spür' ich / wie deinen Körper ganz nah«

Sie legte einen Arm um ihn, strich durch seine Locken. »Ich möchte noch an vielen Samstagen mit dir tanzen.«

Der Klang ihrer Worte schwebte in der Wärme des Abends.

Bandoneon Knopfakkordeon; verleiht der Tangomusik den dunklen Klang

Boleo eine drehende Bewegung des freien Beins im Tanz

Cortina Musik, wird für etwa eine Minute zwischen zwei → Tandas gespielt

Gancho Haken; das Spielbein umhakt das Bein des Partners

Lápiz Bleistift; die Fußspitze des Spielbeins malt eine Verzierung auf die Tanzfläche

legato (musikal.) gleichmäßig; benachbarte Töne sind miteinander verbunden

Milonga 1. stark rhythmusbetonte Form des Tangos (Zweivierteltakt); 2. Ort zum Tangotanzen

Ocho Acht; ein Schritt, bei dem mit den Füßen eine Acht auf den Boden »gemalt« wird

Sacada Schritt in die Spur des Partners; nimmt dessen alten Platz ein

staccato (musikal.) abgehackt; kurze, voneinander getrennte Töne

Tanda Musikabschnitt, meist drei oder vier ähnliche Tangos, Valses oder Milongas

Tanguero/a Tangoliebhaber/in

Vals Sonderform im Tango Argentino; dem Wiener Walzer entlehnter Tango im Dreivierteltakt

Lesen Sie von Heinrich von der Haar
auch den Roman

Kapuzenjunge

528 Seiten · kartoniert · 14,80 € · ISBN 978-3-96763-004-6

Heiner hat sein Leben im Griff, als Lehrbeauftragter, mit der attraktiven Freundin Ruth. Wäre da nicht das traumatisierte, libanesische Waisenkind Jani, das er in sein Herz geschlossen hat und alleinerziehend adoptieren möchte. Für das Jugendamt ein unmöglicher Präzedenzfall. Ob Heiners Bildungseifer und die bessere Gesellschaft des Berliner Westends Jani wirklich helfen werden, seinen Platz in der Gesellschaft zu finden?

Der Roman entführt in die deutsche Gegenwart des beginnenden 21sten Jahrhunderts. Beklemmend, hart und mitreißend.

»Der Roman zeigt ein ungeschminktes Bild der Berliner Gesellschaft unserer Zeit.« *Matthias Vogel, Berliner Woche*

»Ein Meisterwerk von beklemmender Aktualität.« *Heidi Ramlow, Regisseurin und Drehbuchautorin.*